U0042928

不要溫馴地踱入，那夜憂傷

許悔之詩文選

出道三十週年典藏紀念版

許悔之 ——— 著　陳蕙慧、黃庭鈺 ——— 編選

目錄

推薦語　◎向陽、宇文正、孫梓評、崎雲、劉克襄　　12

推薦序　月亮上的獨角獸──讀《不要溫馴地踱入，那夜憂傷：
　　　　許悔之詩文選》◎凌性傑　14

編者序　暴戾的與溫柔的，俱以詩回答◎陳蕙慧　　18

自　序　茲心非心　22

卷一　雪中，我是你的火

絕版　30

共傘　31

說話　32

夢海　34

那住在心裡的戀人啊……　35

臉之書　37

祝福十六帖之六　慧命無窮　38

自己的曆法　　39

我的強迫症　　44

末日幻覺　　45

長谷寺牡丹　　46

香氣　　48

氣味辭典　　49

那是神喜極而泣　　50

大雪滿衣裳　　51

自己的巫術　　52

有鹿　　54

二月二日　　55

奔跑　　56

卷二 月光下莫名顫抖的身軀

餘震　60

讓我在夢中　62

惟獨支離破碎　64

逃出弗洛依德　65

一條臍帶喊痛　70

沉淵盡頭　71

我佛慈悲——阿難悔懺　74

空中充滿烏鴉興奮的叫聲　75

穿過欲望的窄巷　76

大翅鯨的夏日歸程　77

白蛇説　79

天亮以前離開　81

教堂　82

大雨已經　83

咒語　84

暴雨的縫隙　85

椅子　87

卷三　每個浪花都嘶鳴著死亡

腳踝　90

亮的天　91

那猥褻的心靈　94

在肉體中　95

病　96

可是，我仍為你歌唱（之一）　98

汝窯瓷瓶　100

歌舞方歇　101

可是，我仍為你歌唱（之二） 102

跳蚤聽法 103

何等嚴厲 106

無畏之歌 107

祝福十六帖之十四 心像大海 108

逃亡 109

倖存的願想（之一） 110

割裂天空 112

在海上 113

但願心如大海 114

陰影記 115

在時間盡止處 117

輕盈記 118

之前 119

坐在吳哥窟的廢墟之上讀詩 120

卷四　星星在雪原上迷路

瞬間　124

不凡的日常生活　125

青田街飛行　126

遺失的哈達　127

貝加爾湖　129

夢遊西藏　134

妄念記　135

倖存的願想（之二）　136

夢中繁華　137

紫兔　138

擊鼓　139

譬如　140

心畫——記張淑芬與我合作的一件作品　141

頑石　142

如是供養　143

合掌　144

原是一名抄經人　147

繼續　149

失語　150

說話與沉默　151

讓我用詩回答你　152

我不得不　153

卷五　母親，今夜妳遺傳我所有的憂鬱

母親，我的鑰匙丟了　156

家譜　163

祝福十六帖之十五　無生法忍　167

颱風　169

父與子　173

我一個人記住就好（之一）　176

因為玫瑰在哭　178

我一個人記住就好（之二）　180

弟弟的沙灘　182

不需收藏　185

寂寥——詩呈林文月教授　186

在池上——記蔣勳先生「池上日記」畫展　190

欣欣物自私　194

如此翠綠——題記郭豫倫畫作 *So Green*　196

鏽的時刻——為郭思敏「形，和他的遊戲」個展而寫　198

火中諸神——觀吳耿禎剪紙　200

漠漠如織——孫翼華畫作印象　201

宇宙並不掉下眼淚——送于彭　202

于彭的山海經　　204

我們都是大樹上的葉子──為郭旭原、黃惠美而寫　　206

祝福十六帖之四　樹上之葉　　209

不忍──詩致林義雄　　210

梳完了頭髮再遠行　　212

夜空歎息──悼楊牧先生　　214

卷六　那一年，我的青春被捕了

鼠　　220

年代　　222

中山北路行七擺　　224

綠島　　225

罪與罰　　227

南美洲午後　　228

詩比希望更美好──

　關於「第二屆格納那達國際詩歌節」和其他　　229

意識形態　231

頹廢的浪漫主義者　　232

聲音　234

夜聽海濤　　235

月光雲豹　　236

擱淺的鯨魚　　244

星星的作業簿（之一）　　245

他們睡在百合花園──為九二一震災中的死難者而寫　　246

星星的作業簿（之二）　　248

貼近神聖的臉龐──題記羅展鵬「敘利亞」系列畫作　　249

附錄：許悔之著作年表　　250

推薦語

許悔之以詩聞名於當代詩壇，兼擅散文與書法。他的詩完熟呈現長期鑽研佛理、指涉人間，既熱切又冷靜的獨特風格。他以慈悲之心，凝視苦難人間和社會眾生相，情動於中，氣勢磅礴，呈現了對生命道悟和人間美學的高拔境界。他的散文則在憂傷與美麗之間，在人間與佛法之前，寫出生命的悲喜和美的追求。

——詩人　向陽

我曾閱讀《當一隻鯨魚渴望海洋》，熟悉大翅鯨眼底湛藍的倒影，熟悉白色雪原上躍出的紫兔。我曾閱讀《有鹿哀愁》，和一隻鹿對望良久，聽見遠處擊鼓，聽見紫兔輕輕的哭。我曾閱讀《亮的天》，認出在悲傷裡長了鰓的靈魂，那靈魂悠游夢之海，在《我的強迫症》裡，游到海水乾枯……。多年後閱讀《但願心如大海》，似乎那大翅鯨，那曾幻化為哀愁的鹿、紫兔、夢海的靈魂，終於游向了最遠闊的大海。三十年創作，正是最好的時候。仍然不馴，海浪一般地不馴。

——作家／《聯合報》副刊組主任　宇文正

曾經以為，雪地足跡，不忍散的香氣，有鹿無聲，愛的餘震，哀傷多涎之獸舌，身體顫巍巍的教堂，美男子，都是注定被時間索要之物──所幸詩又一次將他們贖回。在這些似禱的吟想中，有誠實的莊嚴，生之欲畫像，清澈好聽的抒情之外，頹廢卻涉事，且蒐羅許多暗影中依依墜落的病色，如此澄明，有悔。

──詩人　孫梓評

對人間懷有深情，藉詩歌張揚其願。願中有光、有塵，於六根與物事相觸之一瞬疾疾綻開──沉如鐘響的詩之宇宙大爆炸便恆恆在這冊集子裡發生著。吾人有幸見證詩人的心之柔敏，三十幾年來於文字裡所一再傾訴的幸福與苦痛，人情此中覺，愛與傷害的答案，也便在這一則則詩文承轉布置中，一再纏縛、鬆放，遺下念起之跡，拾得豁落一口氣。　　──詩人　崎雲

許悔之的詩初時繞著人間，激越地揚蹄塵土，逼近現實的紛擾。中年後轉而跟時代並行，保持安定的距離，建立一個靈性甚高的小宇宙，自我運轉著，隱隱展露詩畫一體的美學審視。這一風華轉身的不羈才情，實為同輩詩人之翹楚。

──作家　劉克襄

月亮上的獨角獸
——讀《不要溫馴地踱入，那夜憂傷：許悔之詩文選》

凌性傑（作家）

　　我很喜歡看許悔之皺眉的樣子，因為他皺眉沉默之後總會噴發許多詩意的話語。暗自猜想，或許那是他對這個世界用情的方式。而一個創作者用情的方式，往往決定了作品的藝術境界。

　　《不要溫馴地踱入，那夜憂傷：許悔之詩文選》是一本形式獨特的精選集，帶有情感密碼的詩與真情流露的散文並置，形成既曖昧又透明的對映。某些詩作中，數字與日期具有怎樣的意義，可能只有寫作者自己明白，讀者不一定能夠參透那段生命故事。然而奇妙的是，即便無法確知那些符碼的真實指涉，詩裡的聲音依然吸引著閱讀的人，持續引發共鳴。我認為最好的文學作品是有穿透力的，可以突破時空侷限，用最純粹的語言達成最深刻的溝通。《不要溫馴地踱入，那夜憂傷》書

中的篇章，時間跨度超過三十年，文字的能量依舊飽滿。

　　暴雨中讀《不要溫馴地踱入，那夜憂傷》，耳朵被窗外的雨聲反覆刷洗，心情則被書裡的文字照亮。我覺得這本書不是一般的個人精選集，反而更像是一本全新的、完整的創作。詩人、編選者的心路歷程參差交錯，完成了共同的創造。作品的排列不以編年方式呈現，刻意打散線性時間，讓詩與散文彼此呼應，只為了完成美的見證。許悔之最豐美的心靈圖像，都在這本選集裡逐一顯影了。

　　所謂心靈圖像，其實很難捉摸。古代詩人常常透過鳥獸草木之名傳達情感與志向，動植物意象與創作者的心理狀態相互聯繫，其中充滿暗示、比喻、象徵。現代詩人也是如此，有意或無意地差遣自己的意象群組，讓內心世界得以投映、現形。有些作家喜歡使用動物意象，有些則偏好植物意象。每個人心性有別，觀看方式不同，意象隊伍也就各異其趣。我曾刻意以動物作為詩意的班底，依次呼喚牠們出場，作為心中祕密的代言者。

　　也許因為生命本質的親近，許悔之筆下的動物們好像對我說了很多祕密。壁虎、白蛇、紫兔、雲豹、山鹿、狐狸、白熊、鯨魚、獨角獸……，在不同的詩行裡露出身影，發出聲音，可

能是主角，也可能是配角。牠們迎面而來的時候，與我交換生命的訊息，以及許悔之小宇宙裡的祕密。

不認識許悔之之前，我就是透過那些可愛動物得到許悔之的安慰。二十世紀末，我在最困頓的時刻讀許悔之，在嘉南平原的茫茫大霧中幾乎迷失自己。《當一隻鯨魚渴望海洋》、《我一個人記住就好》絕對是療癒系書寫的精品，我每次讀著覺得想哭，就失聲痛哭了。用淚水洗滌罪惡或痛苦，試圖成為一個嶄新的人，我開始豢養屬於自己的可愛動物，並且幫牠們布置一個安穩的家。《當一隻鯨魚渴望海洋》、《我一個人記住就好》的精華，如今都收在《不要溫馴地踱入，那夜憂傷》，讓我想起當年的淚水，而終於可以微笑以對了。

我尤其喜歡《不要溫馴地踱入，那夜憂傷》裡的懷人贈答之作，至情至性的傾訴原來就是這樣。白居易、元稹的友情，蘇軾、蘇轍的親情，在寫給對方的詩文裡煥發著光彩。他們都是能把深情理出秩序的人，讓每一個字詞、每一個句子兀自閃亮，當下的心情於是成為時間的琥珀。

詩歌文章若為某人某事而作，起點正是關懷。許悔之關懷的對象有親人、師長、朋友，也有遠方的受難者，慈悲與柔軟形成了這類作品的基調，我從中看見了人性的昇華、生命的尊

貴。人情往來之所需，許多人的應酬唱和、噓寒問暖略顯虛浮，應用文書只是應用而已。然而，許悔之將關懷推展出去，從人情世故中提煉出美與感動，那些心情的投遞，即使不是當事人也能領會。許悔之的作品讓我明白，他人的苦難其實與自己息息相關。作為一種傳達的藝術，詩不是聲嘶力竭的哭喊，也不是氾濫的呼告，而是用眼角的一滴淚水折射出一個令人動容的世界。

這就是詩人用情的方式吧，節制過多的、失控的情緒，妥善醞釀情感，讓情懷或情操慢慢浮現。從這本書裡我彷彿看見，一頭憂傷的獨角獸漫步在月球表面，他對自己說：「在風中，我聽見許多虛偽的聲音，而後，燈熄了，他們睡了；是以我只能諦聽，詩對我說話的聲音，是以我只能以音聲求它。」而我確實知道，月亮上的獨角獸發出了聲音，也得到了呼應。

編者序
暴戾的與溫柔的，俱以詩回答

陳蕙慧（木馬文化社長）

　　二十多年前，長悔之幾歲的我在友人介紹下結識詩人。其時我已是他的讀者，雖然在職場輾轉了數年依然個性彆扭，悔之也是，異常沉默，不停抽著菸望向遠方某處定點，會突然告訴我們他一個人包場看了某部電影，在電影院裡痛哭。

　　我向他邀的稿沉落在我倆各自航線疊築的海溝，若非二〇一七年某個機緣再敘，恐怕無從（從無機會）打撈起彼日那同樣為詩戰慄，領會的眼神。

　　見面那日，悔之在我帶去的新作《我的強迫症》扉頁上大筆一揮：「還一本再加一本當利息。」我卻說不夠，我心裡有一本集子非編不可，而且是要我自己來編選。

　　前兩本是《但願心如大海》、《就在此時，花睡了》，第三本便是為悔之自《陽光蜂房》出版後三十年來，我一路斷斷續續閱讀的許悔之詩文創作軌跡的收錄，也就是讀者手上的這本

《不要溫馴地踱入，那夜憂傷》。

　　猶記悔之在《創作的型錄》中寫道，他坐在吳哥窟的大吳哥城廢墟之上，讀Dylan Thomas的詩，名為〈塔樓裡耳朵所聽〉，在Dylan Thomas「風像一團火」的詩句中，悔之開展了一種「玄思的幻境」，午後近傍晚的大吳哥城，陽光時而乍現時而歛收，周遭並無旅客，天地如寄，只剩下他一人面對一位英國詩人的心境，「暴戾的溫柔的，像江海翻騰。」

　　我讀悔之的詩文，亦常如此，或在人群中或在書桌前，總覺得天地如寄，只剩下自己面對一位詩人的心境，不馴、不羈，牽絆、哀傷，痛得快要心碎。

　　在前一段文章最後，悔之問，「這一切過後，天地如寄，坐在廢墟之上，讀過詩的我，和之前的我，有何不同？」

　　我想，這正是我們為什麼要讀詩的理由。去經歷、去穿透、去共振、去探問，在字與字錘煉而成的意象、節奏、韻律裡，在詩的纖網與流動中，銘感詩人的胸襟和情懷，然後我們問：「讀過詩的我，和之前的我，有何不同？」

　　這本詩文選的書名，來自Dylan Thomas的名詩Do not gently into that good night。*一則是向詩人喜愛的詩人致敬，一則是翻轉「良宵」，為「更悔之」的「那夜憂傷」，似能描述

詩人許悔之創作的初心與內核。

　　由於工作繁重，在悔之推薦下商請熟識悔之作品的黃庭鈺老師先首選出一百一十二首詩、四十篇散文片段，也以主題為六個卷別定調，而後再由我重新編選，最後定為八十三首詩、三十七篇散文片段，並收入二〇二〇年新作四首。此項作業耗時近一年，我亦在重讀過程中，重新經歷、穿透了詩人之魂，興起與歲月共飲一斟酒的讚嘆，並為之低迴。

　　三十多年前的那名黑衣少年不馴，穿過欲望的窄巷，鑄鍛自己的巫術，此際彷若仍見他獨自夜中坐起，以詩回答。

　　詩比希望更好。

　　我們，不要溫馴地踱入，那夜憂傷。

＊ 本書書名的譯文引用自約翰・薩德蘭，章晉維譯，《文學的40堂公開課》（台北：漫遊者文化，二〇一八）。

自序
茲心非心

　　台北市立美術館有一個聯展的計劃，我接受邀請，將於二○二○年八月到十月，參與《藍天之下：我們時代的精神狀況》聯展——在新型冠狀病毒蔓延的年代，對於人類的精神和所謂全球化，進行一次藝術面向的反思。

　　好幾個月前，北美館研究員蕭淑文小姐和策展人耿一偉先生來有鹿文化找我，他們向我分享此聯展最核心的概念，問我有沒有什麼創作的想法。我告訴他們，我想做兩組大屏風和一本冊頁的創作計劃。兩組四曲一條大屏風，其中一組在開幕的時候展出，另外一組在展覽期間現場創作。

　　我的展出計劃名為《字，療。》，為此計劃，我也思惟如何呈現，而有了一些筆記：

　　　　文字是表意的、指涉的，文字是意義增長的過程，也有它的生老病死，突變和新生。
　　　　字，構成了詞；為了在宇宙中命名辨識、表達感情和

認知，詞，逐漸加長成為句子。漢詩的詩句，從四字，到五言乃至於七言，就是一個例證——字越多，表達的情感越豐富；但我們往往寫字寫到忘了字的「本來面目」。

作為一個詩人，二〇〇三年，SARS的時候，我寫過一首〈慈悲的名字〉，用來載記那些英勇殉身的醫護人士。

我的展出，以「題壁」為概念，邀請「青雨山房」製作了兩組屏風，一組先完成，應該會是抽象手墨和詩句結合，在開幕的時候展出。另外一組擇期書寫，公開由在場的觀眾提供幾個詞，我當場依這些字詞為本，把它寫成一首四屏的詩，當做「心的字母」來衍生出心的安慰的力量。當場用書法寫在屏風上，提供一個詩人跟字詞的對話，回到一燈點亮一燈，燈燈互照而光光無礙。

此外，桌上擺著李秀香裝池的空白冊頁，除了我，還會邀請兩位藝術家古耀華先生、張維元先生，擇期當場在冊頁上創作，我再當場接續（接力），這指涉人與人心的理解，可以「抵抗」疫病的監管而不必保持「社交距離」！心與心，本來面目是可以「零距離」，冊頁如同書，open book, open minded.

字，指涉世界，也自問己心。

我們對疫病恐懼嗎？我們對無常恐懼嗎？力量在何處？心在何處？

字，可以治療心，可以自療自癒。

《字，療。》是「字」與「心」探源學傾向的一次行動演出。

那一組開幕即展出的大屏風，除了〈慈悲的名字〉這首詩，紙上的視域該如何呈現呢？有一天，早上起床，手沖了咖啡啜飲；我望向屋子窗外的公園綠樹，陽光沐洗枝葉，一隻松鼠爬行又跳飛，於我的視覺和心識留下迹痕，又回到，空——什麼也沒有，也什麼都有。我彷彿知道原來天地種種，乃一佛的心所化現，用來莊嚴國土，成熟眾生於因緣，包括眾生之一的我。

啊！「慈悲者，茲心非心，沒有一個固定、分別的心，與眾生心，是一不二……」那個早晨，我若有所悟，就決定那組四曲一條大屏風，要以大筆分別於一紙樸拙地、回到本心地寫上「茲」「心」「非」「心」——也正是慈悲二字的拆解，然後寫上我二〇〇三年的詩作〈慈悲的名字〉。

之所以用一個展覽的概念來說半生寫詩的心情，其實是在追索自己在心靈暗夜中想鑿出光來的過程；曾經很長期，我以

為夜，是憂傷的，而從「紊亂的我」到比較「統一的我」；乃至努力「去除有我」，大概就是我半生寫詩與學佛的軌跡。

謝謝老友蕙慧之美意，要編一本以我的詩為主的詩文選，並摘選我的文章用以與詩篇相互引發；我們都喜歡Dylan Thomas 的詩，她覺得以 Dylan Thomas 的詩行為書名，可以詮釋我三十多年的創作心跡。

是以，蕙慧和庭鈺編了《不要溫馴地踄入，那夜憂傷：許悔之詩文選》，做為我一九九〇年出版第一本詩集《陽光蜂房》之後「出道」三十年的銘記。謝謝性傑為這本書作序，我視性傑和庭鈺如弟如妹，他們對文學的熱愛與投入，實乃我於志業之鼓舞！日常生活裡，我們很少見面，可以是過往紫藤花開時，一起賞花喝茶；可以是與蔣勳老師一起喫飯，讌談且歡；可以久久未見，也可以，相見亦無事，心中長有關心與祝福。

這本書選錄了我公元一九八四到二〇二〇年的創作，是我詩心詩篇最完整的精選集；詩心自用，或許也是對自己與時代的某一些精神考掘吧。

在最痛的地方
打開最遼濶的海

一隻被製成標本的蝴蝶
飛了起來

是的
於此人間
除了詩和祝福
我別無更珍貴之物

（寫於庚子年小滿時節，雨落紛紛）

26

卷一

雪中，我是你的火

絕版

妳我相遇於風中
彼此用手掌
小心翼翼地將這段相逢
呵護成唯一的序
早在遙遠的三千年前
便寫入蒹葭的傳說裡

如今
風翻開的每一頁
都不可圈點
是孤本，且永遠絕版

——選自《陽光蜂房》

共傘

當所有瀰漫宇宙的塵埃都被霪雨淋濕、墜地
我們終於到達鐵道的傍晚

平行的四軌。被棄置的舊傘。橘子皮

雨停後整個世界輕輕咳嗽，我們抬頭
仰望一柄好大好大——明明滅滅的我們的傘……

——選自《陽光蜂房》

31

說話

你睡著了嗎？
我是一陣涼風
吹得你身體舒爽
我是一隻壁虎
四處巡守
炯炯地張望
不許蚊蟲飛來將你侵擾
我是黑夜
溫柔地將你擁抱
啊我願是白日
最先照到你臉龐的陽光
我是遮蔽你的屋宇
我是你徐緩有致的呼吸
我是你的意識

你的眠床

夜已深了
我知道該讓你睡
卻又忍不住
想要和你說話

你睡著了嗎？

———選自《有鹿哀愁》

夢海

寄住在你
夢之海
我的靈魂因而
生出了鰭
長了鰓
一直游到
海水乾枯的那一天
我的眼淚將會注滿
你夢中的海

——選自《我的強迫症》

那住在心裡的戀人啊……

愛是因為孤獨而生起的心理狀態嗎？還是一種在世間覺察自己煢煢獨立而渴望陪伴的幻象而已？我並不知道，我只知道自己的心裡好像住著一個人，一個完美的戀人，她不用開口便對我說出話來，她不用伸出手臂便給了我深深的擁抱，我恍恍惚惚了解，愛是現實與想像的交界地帶，我們愛上別人，有很大的一部分是因為我們的內心空白，那個空白可以一無所有，也可以皓月當空。

里爾克遂成為我的祕密教主，在隱蔽和顯露之間，少年的我，翻讀著里爾克的詩，像猜謎遊戲般，臆想哪一首詩是他在戀愛的狀態。但里爾克太繁複了，他的詩結合了宗教意識、生命叩問以及他獨特的偶開天眼，所以究竟哪一首是情詩呢？我常常沒有辦法分辨，所以我就一直把那些讓我的心感覺到融化的詩篇，當作是情詩了。我可能也抄過一些里爾克的詩句給心儀戀慕的人，像是一位少年對教主的祕密宣示效忠儀式：我這一生也要寫詩，也要寫出會讓別人的心融化的詩。這位教主與

其說是里爾克，不如說是住在心裡的戀人……。

——節錄自《但願心如大海》

臉之書

空氣中的溼度是一本書
日照凜凜也是
蟬鳴和柳枝下大大美好吹
過來的風也是
一本無字的書

天空是你的臉
那些美麗的雀斑正是
繁星點點
夜晚是一個祕密的螢幕
啊你的臉的書

——選自《我的強迫症》

祝福十六帖之六　慧命無窮

　　你和今生最耽戀最摯愛的人，並未發展出終日相處、結為連理等各種關係，但是，我能了解那種心靈的接近與親密，若是現實上太靠近了，那種親近就會粗礪、貶值，所以，你們長達數十年，遠遠的對望。

　　我不知道你有多悲傷，也不敢妄自揣想，這個充滿別離的人間，有著一堂又一堂功課，現實上不能圓滿無憾。

　　你今生最摯愛的人寫詩，詩是一種心靈的越位和冒險吧，跟現實裡的探險不完全一樣——詩的冒險，乃是心靈遠比現實能到達更遠的地方，詩，挽救了現實，現實那麼大的左右徬徨。

　　我想，你們今生這樣的因緣很好，永遠停留在數十年前年輕而美好的對望，不被侵擾，就像永恆的豐饒，永遠不會失去美好的想像。

——節錄自《但願心如大海》

自己的曆法

八月一日

有時會幻想
乘坐一架失事的飛機
墜燬在北方極地

呼吸極薄極薄的空氣
看鯨群覓食完了
東游來，西游去
捕獵白熊，取其皮
磨魚骨為針
縫製禦寒的大衣
在冰原上刻劃每一個
日出，以為記

親愛的，這樣的曆法
無比的奢靡

八月二日

肌膚微微沁出汗
像水晶宛若透明的米粒
灑了遍地
你的身體是神的豐收
神的奇蹟
一如帕胥米納羊毛
觸摸時，可以感覺到美麗

我知道這樣的身體
將會老去而惟獨

記憶確是一項神蹟
我們藉此而模擬
高山羊群纖細的毛尖
就是你的隱喻

在這個隱喻的世界
我們的心遊走如狐狸
溫煦如神的善意

八月五日（之一）

在山的那一邊
是你
騎著山鹿的你
載著花冠

一千萬年前
言語猶未誕生的世紀
我將你的形跡
逐日刻在岩洞裡
你無法言説的美麗
我思索久久
在石壁上刻下：

電擊。電擊

八月五日（之二）

如鏡面的一潭水
靜靜地準備

承接一片落葉

啊你在這裡
低頭飲水
回望而疑懼的
一隻狐狸
感覺到，微風將起
月亮停在西北西

——選自《亮的天》

我的強迫症

涼風起時
我是迷路的狐狸
在山丘上定定看著太陽落下
昏月升起

我不斷的撥打電話
撥給來世
撥給前生
撥給今生的你

你的音聲
你的白髮
你終究會老去的身體
都是我的強迫症

——選自《我的強迫症》

末日幻覺

那時如此年輕
你不接電話
我就以為
末日來了所以天降黃雨

像一隻鷹
想要展翅飛翔
卻發現灌了鉛的天空
連呼吸都不可能

那時候我們以為一次的相會
就是生生世世了

——選自《我的強迫症》

長谷寺牡丹

長谷寺的木階梯
一望無邊際
像生生世世之路
曼曼其脩遠兮
只有一條路
不能回頭
觀音就在山頂

季節推移下
牡丹的盛開也
不能回頭
就如此熱切的綻放了
白的雪球
紅的火

雪中，我是你的火

花開的時候

原諒我

為了美而忍不住

耽誤了行路

——選自《我的強迫症》

香氣

握著一枝花
你來過我的房間
又走了

僅留下
淡淡的香氣
此刻猶不忍散去

啊無邊幸福
無間地獄

——選自《有鹿哀愁》

氣味辭典

　　他想起愛人的氣味，在千千萬萬人中也能清晰地分辨。當他們同床並躺，他總是閉上眼睛，貪婪地嗅著，聞著，頭髮的，身體的，和衣物的味道。他甚至能從她的汗味中判斷她近日的身體狀況，還有情緒的低或漲。她讓他接近，開放一切的感官特質供他記憶。有時她是清澀的葡萄味，而夜晚之後，她則往往像剝開的冬日柑橘，無比恣意地發散幽微的甜香。甚至她的呼吸。

　　愛是一種氣味的求索嗎？他不免如此妄想。氣味甚至能夠比愛活得更久更長。如果不是愛上她的氣味，那麼因何會戀戀不忘？他開始想像，那些不再能夠相愛的男男女女們，一定是彼此吸引的氣味開始覆亡吧。

　　氣味若已覆亡，如何執子之手，與子偕老？

——節錄自《我一個人記住就好》

那是神喜極而泣

去年的莢果
懸掛到今年的綻放
花的清黃
羽狀複葉的蘋果綠
既對比又押韻復融合
顏色的詩詩的奇蹟
落下時黃金之雨
站在阿勃勒樹下
戀人們知道
那是神喜極而泣

——選自《我的強迫症》

大雪滿衣裳

天，看著大地
你看著天地間的大雪
我看著雪地上
你的足跡

掬掌為缽
裝滿了雪啊
向天地化一個緣
大雪滿衣裳

——選自《我的強迫症》

自己的巫術

一九九九年七月，在翡翠之島愛爾蘭。去了 Wicklow 山區，和一隻鹿不期而遇，彼此對望良久。

有鹿
有鹿哀愁
食野之百合

那隻鹿為何是哀愁的？我果真目睹感覺其哀愁？或是彼此凝視的滲透？我用一首詩〈有鹿〉來為那樣炫惑的時間定格，我想為之記載，因為於彼時光，確切感到自己的心如此柔軟而敏感，像冰融成水，無有定型的流轉，那種移情過程，變為出神狀態。我是我，我又可能是鹿，我用自己的巫術，教山野的開出百合來，迎風搖曳，而鹿，將低頭食取。那是我心中美好的場景，有足夠的寧靜、純粹，可以抵抗世界的喧囂和混亂。

然而詩，又不全然是自己的巫術、自我精神的療程。語言

文字又像是一種可戀之物，充滿了光澤、材質和剪裁的可能。
有些時刻，我也會很絕望地感到自己的一無所有、無有從屬，
那麼，自己辛勤寫成的詩篇，多像可以陪伴入殮的美麗衣裳
——因為肉身每天都在逐漸地敗壞。

——節錄自《創作的型錄》

有鹿

天空持續燃放著
無聲的花火
我們停步
牽著手
於彼大澤
和一隻鹿對望
良久

有鹿
有鹿哀愁
食野之百合

——選自《有鹿哀愁》

二月二日

二月二日
你的日是我的夜
夜的眼睛看見日的全貌全形
清晨的陽光將你喚醒
有鹿林中而行

確然如此,清晰如此
你的靈魂是我累世的眼睛

——選自《我的強迫症》

奔跑

在你的一個毛孔裡
我不停不停的奔跑
跑到了百合綻放的海
亮晃晃幾乎要燃燒的月亮

我一直奔跑一直
奔跑奔跑
在你的一個毛孔裡
像一隻銀狐
在廣袤的雪地上
奔跑
在感覺你胸悶之時
你，一定有悲傷吧
我以為那時宇宙正在崩解
而忍不住停下來

仰天嗥叫

我的眼睛充滿黑夜
你的胸膛即將天亮

——選自《我的強迫症》

卷二　月光下莫名顫抖的身軀

餘震

感覺地殼劇烈變動時我從床上
坐起來，撥通七個號碼堅持練習
優柔的沉默。「我躺在床上
發現了一個絕大的祕密──
天空傾斜的角度就像以往你
咬住下唇的姿勢，脆弱
稍帶堅決。」那時穿過世襲的夜
我無以證明餘震如他孩子氣的
音響：「我躺在床上抓緊被角
不著痕跡的想你然後想你並且
想你。」天地，又傾斜了些許角度
太晚了──預言裡這一切種種都
要回到洪荒以前的那些
優柔的記憶（一隻獨角獸
踽踽獨行在地球的邊緣）

記憶的盡頭他對我扮鬼臉
我不悅。訕訕掛下電話
天地全然倒錯覆滅以前我已
塗去所有記憶然後寫詩
並且手淫以及

哭泣。

——選自《陽光蜂房》

讓我在夢中

在夢中讓我仰望你的淚水
僅僅是，仰望
絕不觸碰

只因那是唯一的祕密
讓我感覺在夢中
你男性亢奮後
的激昂以及
脆弱。像極了易碎
的琉璃在陽光下溢滿了
為此我無端驚喜
和遲疑。可以感覺
緊貼在絕對禁域上的你
冰涼的裸體感覺
你焦躁的不安

以及抽搐，所以

你孩子似的笑容請讓我
以母親的溫柔全部負載
請在夢中愛我在夢中
讓我懷孕。然後

在夢中死去

——選自《陽光蜂房》

惟獨支離破碎

我們總幻想著，自己是完整的，我們的完整是如此的美麗。

我們美麗的幻想裡，總是有著太多的主體偏執：諸如愛應幸福，情該長久，月應圓，人必須在……

然而，我們往往忘了一點：一旦完滿，心的容器就溢出來了；欲望也是這樣——在欲望充盈中我們只想到自己，而忘了對象，你以為他在，他卻和你沒有任何隸屬的關係，因為你在那時，愛的只是自己，甚至只是愛上你的欲望而已……

惟獨欲望不即不離，惟獨欲望在完滿的冀求中有著支離破碎的動力，情愛才能在生生死死的演練中戒慎恐懼的長大，呼吸。

你難道不曾聽見暗夜裡欲望哀哀的喘息？

——節錄自《我一個人記住就好》

逃出弗洛依德

（1）伊底帕斯

我送她巨冊的莎士比亞
燙金封面（雖然有些脫頁）
於是玩笑般她叫我伊底帕斯，有時
又暱稱我：命運之神
後來，我瘋狂吻她並且
　　　　　吻她繼續
　　　　　吻她然而

她貞定的翻開扉頁，沉默的堅持著：
這不合情節

（2）木偶奇遇記

猜想一定是愛極了童話
以至於洶湧的悲喜
她都無法裝得
毫不在意

「怎麼會這樣子呢？」

對於我的答辯與自白她
總覺得……「我被刺傷了
由於你的真誠。」然後
在子夜的擁吻後
她指著我鼻子驚訝的

大叫：「又長了一吋！」

（3）玫瑰刑

愛情、革命、生殖本能和變種家族
她慫恿我寫詩（她一定是
讀過馬奎斯）

許多年後，當我面對自己的馴良時
便會想起她帶我去找尋罪惡的下午

後來我用一萬一億倍的時間不斷詛咒
詛咒自己（無關乎
魔幻寫實）

（4）獨角獸

雪白的床舖上……看見了
一隻獸氣喘著……我開始
驅趕牠——

居然還遺留獨角
「不可能是神話殘留的痕跡吧？」
但顯然違反進化定律，於是我
鞭打牠——牠不為所動
又引來一大群同伴

「全世界的獨角獸早絕跡了……」
她哀傷的闔上偽造的神話
全新的，世紀末普及版

（5）1/2個弗洛依德

凌晨。她倉皇搖醒酣眠的我額前
盜汗：「我夢見長長的梯子開在
腦後並且他不住不住的的追趕我
。」為了表示真誠她攤開手掌冰
冷。且龜裂

「你毫不為我表示同情嗎？
那把梯子你曾經見過嗎？
難道你一點都不愛我嗎？」

於是她忿忿的槍斃殘夢而忘卻了梯子
接著她遺失了牙膏口紅以及解夢的筆記本
最後她用一種愛憐的姿勢吞下1/2個弗洛依德

——選自《肉身》

69

一條臍帶喊痛

你愛過一個人嗎？求之不得，或者得而終失，一切空蕩蕩的，好似鐘擺不停的晃動，晃動，又回到了原點。

然而一切又都不是原點，欲望的引擎一經被啟動，情感的輪軸和愛戀的皮帶便不停的運轉，欲望是不能休止，無法喊停的。

到處都是劇烈摩擦之後的傷痕。

這時，我們才睜開眼睛，定定地觀看天地移位之後的狼藉風景。

山高水長，一瀑直下，衝向屹立的巨石而濺成了點點水花，瀑布是那條臍帶，連接山高水長的冥冥身世，我們咬囓那臍帶，是為提醒自己，痛。

——節錄自《我一個人記住就好》

沉淵盡頭

有一頭哀傷的
獸
鎮日喘息不已
蹲踞在
我的心頭
偶爾
牠伸出多涎
的舌頭
用一種低頻的
溫柔
聲調
呼喚秋風
撲撲的落葉
掩蓋我

我知道

那是行刑者的

苦痛

唯獨牠

才能成全我

牠呼喚風雷

要我把羊群

交付在牠手中

嘩嘩的海水讓出路來

在沙漠中

牠對我顯示

無所不在的大火

牠說：來來！孩子

我帶你到

沉淵的盡頭

那諸神永不降臨的處所……

我拒絕
但是，我點頭

——選自《肉身》

我佛慈悲——阿難悔懺

我佛如風，欲滅我愛染之火
我佛如火，洞照我心的惡瘡
我佛如山，放生我肉體的野兔
我佛如林，棲息我貪慾的鳥隻
我佛知悉我將與摩登伽女在前世交合
我佛安慰我唯有濁惡才能種植澄明
我佛許諾我若當來世將先度我
我佛撫摩我，撫摩我的頭

我佛慈悲，無上慈悲
我佛莫要，為我流淚

——選自《我佛莫要，為我流淚》

空中充滿烏鴉興奮的叫聲

我的菩薩彎腰吻我如刀的毒唇
我的菩薩撫摩我火炭爆燃之軀
我的菩薩是微風，是烏鴉，是疾走如獸的雲
我的菩薩因見證我的劫數
而化為觸手可及的肉身

山林在歡愉欲死之中絕望呻吟
空中充滿烏鴉興奮的叫聲

——選自《我佛莫要，為我流淚》

穿過欲望的窄巷

　　你看見蛇了嗎？一條條被監囚在籠中的蛇，那被上帝處罰用肚子走路、終生吃土的蛇，那充滿危險氣息與犯罪快感的象徵物，軟趴趴地在籠中，像極了勃張前的陽物。誘惑、禁忌與犯罪，種種人的主題，欲望的變奏都在這裡。

　　但這又不是精神分析學家「原型」理論的管轄區──人的欲望遠大於理論的規範。突籠而出只是蛇的幻想，欲望永遠立於不敗之地。你看蛇的吐信嗎？鮮紅顫慄的蛇信永遠吐向廣大的虛空──蛇被關著，嚇不了誰，是的，欲望在每一個人的體內，誰也看不見。如果欲望註定是一種原罪，人們可以圍繞著蛇，對牠詛咒，或者告解……

──節錄自《眼耳鼻舌》

大翅鯨的夏日歸程

歸去的途中
我不能夠躍跳嬉戲
時間已經很急
我必須快快回去看你

回去看你
我全神貫注的游行
偶爾浮出海面換氣
一再聽見你遙遠的聲息

你的聲息我曾無比熟悉
像黑潮奔流的湧動
我們共同擁有一座島嶼
此刻正颱風暴雨

做為一隻有著大翅的鯨魚
我多麼渴望飛行
快快地結束歸程
快快看到你

看到你眼睛湛藍的倒影
看到你激狂地以尾部
對著我們的海域
拍擊，再拍擊

我逐漸接近了你
我將弓起背向天空躍跳
終於非常接近你
月光下莫名顫抖的身軀

——選自《當一隻鯨魚渴望海洋》

白蛇説

蛻皮之時
請盤繞著我
讓我感覺妳的痛
痛中顛狂顛狂的悅樂
如此柔若無骨

愛，不全然需要進入
我將用涎液
塗滿妳全身
在這神聖的夜晚
我努力吐出的涎液
將是妳晶亮透明的新衣

小青，然後我們回山裡
回山裡修行愛和欲

那相視的讚嘆
觸接的狂喜
讓法海繼續念他的經
教怯懦的許仙永鎮雷峰塔底

——選自《當一隻鯨魚渴望海洋》

天亮以前離開

　　真的兩個相愛的人也不一定能在一起嗎？時移事往，所有重量化為輕煙，有什麼是永久的源頭，可以堅持的存有？不管有沒有意志的維護與修持，愛，都會衰老、死去？人類都在重複一種永劫的、衰頹的回歸嗎？印證愛情只是事件，沒有本質？欲望是流動的嗎？改向、轉流、氾濫，又從心的地圖上永遠消失，剩下一點點殘存的影像，記憶，一些詩，一些日記……

　　這個世界是不需要意志的吧。每個人的為情所苦、生死相許，原來都是可以治療的，所以每個人都還活得下去。

　　我瞬間想起那個在巴黎自殺的年輕小說家和她的愛情遺書，她在我們這些「正常人」所不能理解的精神領域，發現了一種本質的、愛的存有，像星辰朗朗；天空不再接納的時候，就化為流星，堅決的隕落，堅決正是為了不捨。

　　朝聞道，夕死可矣，不必等到天亮。那活著的人還論什麼情，說什麼愛？那麼，我們就沉默罷，不要夸夸的解釋，用沉默對世界表達丁點的、最後的敬意。

——節錄自《我一個人記住就好》

教堂

彈奏著管風琴的
偌大教堂
飛起了一萬隻禱告的蜜蜂
人子被釘在十字架上
垂目，而表情悲傷

我走進，你的身體
像走進肅穆的教堂

陽光照入玫瑰窗
轟轟作響
我看見祭壇上
千百隻嚎叫的羔羊

——選自《有鹿哀愁》

大雨已經

從鬱暗黃昏
一直下到天明
站在高高的樓頂
你已經聽了
一整夜索愛的叫聲

大雨已經
把街道沖刷得乾乾淨淨
大雨已經停了
沒有欲望
沒有欲望的你

現在
已經可以跳下去

——選自《當一隻鯨魚渴望海洋》

咒語

身體不再發出咒語
眼神遠如南北極
語言是貧瘠的土地再也
再也長不出果實
以及奇蹟

常常在煎好一顆荷包蛋
那樣短暫的時間裡
有人已經決定愛你
或者不愛你
愛只是喃喃之咒語

——選自《我的強迫症》

暴雨的縫隙

我努力的想要穿過
暴雨的縫隙
害怕
靈魂淋溼了
像紙泡在水中
糊散一地
靈魂是向你租借的
所以必須還你
身體是向無常租借的
不知何時會連同所有的遺憾
一起還諸天地

只有心
是我自己的
我穿過了天地之間的暴雨

暴雨中的雷鳴電擊

遇見你

將一個許諾過的微笑

還給你

——選自《我的強迫症》

椅子

或許我存在於這個世界
對你最好的方式
是成為一張椅子

沒有欲望
沒有思想
早晨時你坐在椅子上
啜飲咖啡，隨意翻書
著了涼的你
打了一個噴嚏
我繼續用不變的姿勢
環抱你

四周溼冷
12℃

——選自《我的強迫症》

卷三　每個浪花都嘶鳴著死亡

腳踝

空空的花瓶啊
莫名的淚水
白白的玫瑰啊
細細的雪

腳踝哀傷時
恰巧行過玫瑰園

——選自《有鹿哀愁》

亮的天

昨夜我一人
被拋擲到彼處
感覺到一種
滅頂前的悲傷

我為那些被枷鎖的靈魂
唱人間耽戀的歌
瘖啞的他們
因之而無比輕暢

白晝之時，他們偶爾也住在
人的身體裡面
活了億萬年
卻長了鰓
所以無法被眼淚溺斃

明日，他們要遷移
深潛到更深更暗的夢海裡
他們說蠟鑄的翅膀
一樣可以飛，飛向太陽
他們預言
所有認真受苦的眼淚
將匯集成為，另一座海洋
像神把虹放在雲彩中
讓一切有血肉的
都看見永恆的誓約
神立虹為記

他們送我到水邊
祝福我將安然回到人間

他們送我，送到水邊

那時才剛有，一點點亮的天

——選自《亮的天》

那猥褻的心靈

　　一個人，只要是自己獨處靜慮的時刻，這種逼迫自我發問的局勢一直存在；不可明言，困惑卻會伴著那不安前來。

　　在我自己的成長經驗中，雖然屢被誤以為「早熟」——可是我卻不這麼肯定。甚至到了二十八歲的今天，依舊有著一種強烈的幻覺：我只是被某種陰面本能吸引而無法脫逃的人身而已。創作，或者所謂創作裡的清醒、自覺，並不會使一個創作的人顯得比其他人幸福——甚至，在本質上亦復如是。……

　　面對那些為自己和他者的生活而辛勤工作——甚至沒有時間去思索「存在」這個問題的人——我常常覺得自己猥褻。

　　我慢慢了然於胸。

　　「心不得安」乃促使一個人看似早熟的重要原因，那是一個契機所在，然而，這個契機並不保證花開鳥鳴。這個世界有一部分是不隨著人的意志所轉移的。

　　是那種傾斜的本能，讓我們有時候倒立起來，看看這個世界究竟是什麼模樣。

——節錄自《眼耳鼻舌》

在肉體中

在肉體中
一株綻放的
黑玫瑰
不斷向最內裡
扎根

在肉體中
聽不見回聲
唯獨芒刺
還有神
最最接近我們。

——選自《陽光蜂房》

病

我説，要有病
便有了病
身體是一把提琴
承受眾人的疾病
還妄想
竊取上帝的心
而發出魔鬼
魔鬼般嚶嚶的顫音

而喜不自勝
而哀悲莫名
我們在顛狂裡前進
像拂曉時就要入城的將軍
我們在身體裡受刑
像躺在泥濘地呻吟的士兵

三位一體的

神人魔怨憎地説

我的身體是所多瑪

我的身體是許諾地

此刻我發出了嚶嚶的顫音

我並沒有説要有病

便有了病

——選自《有鹿哀愁》

可是，我仍為你歌唱（之一）

有怨聲如訴，無言淚欲零。在困頓的時代裡，詩，應該是一種奢靡、一種驚愕。

我們的胸膛受了傷，可是，我們往往忍不住要說：「可是我仍為你歌唱。」

我們像對著一位精神科醫師，完整地敘說著莫名的恐懼以及面對美好的戰慄。像拉岡（J. Lacan）說的「小物件」（objet a），詩從肉身的缺口發出，像欲望，從身語意之所出。話語、凝視、和尿屎。

我們向精神科醫師妥善地設計回答的言辭，有時是為了避開困窘的境域。道德——文化所養成的道德的超我（superego）冷冷在監視，害怕我們踰越安全的界線，無法回返人間，而有時我們釋放了，突然間一無所懼，我們對壓抑、美德感到憤怒，而咆哮，而喃喃的訴說，說給世界聽，不是說給自己聽，我們在片刻之間成為一名譫語症患者，言語的符號性自發的演奏，像巴哈無伴奏的大提琴作品，灼熱的極致是一種冷凝如冰的理

性，意義藉著話語本身而自足，不必期待外界意義詮釋系統偽
善的認證。

——節錄自《我一個人記住就好》

汝窯瓷瓶

一汝窯瓷瓶
宛若鴿子鼓足了氣囊
想要發出聲音來
卻又枯禪寂坐
動不得也
飛不走

我累了，累了
夜裡它總哀求著
用力敲擊吧敲擊我
將我打破

——選自《我的強迫症》

歌舞方歇

我的腳因不止的舞步而生繭
我的喉為縣長的歌聲而龜裂
我是花雨飄落在佛陀的肩上
我是夜叉迎著佛陀袒露下體

自斷一臂，自斷一臂
歌舞方歇，人即滅絕

——選自《我佛莫要，為我流淚》

可是，我仍為你歌唱（之二）

　　颱風前夕，蜻蜓在田裡群而狂飛，遠近高低，拚盡了氣力——颱風就要來了，對蜻蜓而言，是末日，是死亡的輓歌，無所遁逃，那麼就飛吧，就算恐懼無比也要向巨大自己萬倍的命運展現美麗。

　　詩就像蜻蜓在颱風前夕，向死亡討回每一秒的喪亂圓舞曲。

　　微言不需要大義。

——節錄自《我一個人記住就好》

跳蚤聽法

我的佛陀，當祢巍巍端坐
如蓄勢的海，不動的山
我卻只聽見蟬嘶盈耳
如浪奔來，淹沒我對祢的呼喚
呼喚祢，我的佛陀
我跟隨祢，聽祢說法四十年
早已知道祢實無一法可說
我也無一法可得
祢是那舟，帶我渡河
河既未渡，如何燒舟？

四十年來，我嗅祢的味
觀祢的形，見法如棄嬰長大
而祢，我的佛陀祢日益消瘦
我聽見祢的骸骨瞬間的崩落

我也有喜，不喜法喜
我是一隻跳蚤，被寬容地
可以活在祢的衣裡、懷抱之中
他們還在聽祢說法
或因羞慚而涕淚悲泣
或因體解而讚嘆歡喜
只有我，只有我知道
祢是什麼都再也不能說了

四十年來，我將第一次
悲哀而無畏的
咬嚙祢，吸祢的血
我有法喜，這世界只有我
吮過祢的寶血

我有法悲，因為我吸的是
這世界最後一滴淚

——選自《我佛莫要，為我流淚》

何等嚴厲

行走在
刀鋒之上
何等何等的嚴厲

我的佛陀
何等嚴厲的祢
何等喜悅之
被截割的身體

——選自《當一隻鯨魚渴望海洋》

無畏之歌

而我的體悟就好似
著魔之後遺忘了哀樂
我的佛陀，請聽
這肉體在大雷雨中
被閃電擊穿的
無畏之歌

——選自《當一隻鯨魚渴望海洋》

祝福十六帖之十四　心像大海

大概四十歲以前，我的心常常住在一些情緒裡，比方說，憤怒、恐懼、焦慮、偏執、激動，有時感到自己像溺水般的憂鬱。

我花了很長的歲月，才學會跟這些情緒相處，找到一些平衡之道；但有時我越想控制、消減這些情緒，它反而累積，有時候爆發，我都覺得自己像是餓鬼或阿修羅。

甚至以前別人的言語或行為，如果我覺得有惡意，我就會很生氣，然後反擊；我花了四十年，在學習認識自己。

我還以為，那些情緒是「我」的生命呢。

所幸，很負面情緒的時候，我都讀經，譬如，普門品、金剛經，或默誦心經。

總是有用，因此我還算能夠平衡。

這幾年，我多了一些進步。不等情緒生起並蔓延擴大，當有不快樂的事發生，我都去想像，這些是幻化而已，像大海裡的一個小泡沫，一下子，就會過去。

——節錄自《但願心如大海》

逃亡

逃亡
在一個氣泡之中逃亡
不要把它鑿洞
氣泡破滅
我亦將亡

逃亡
讓我在窒息的幻覺中
一次，又一次逃亡

——選自《當一隻鯨魚渴望海洋》

倖存的願想（之一）

有一次，長途飛行到歐洲去，究竟是昏沉沉地睡著了。

愕然驚醒，混沌膠著，無法辨識時空，像沉睡千百年被世界遺棄的人，包裹在一個氣泡內，飄上了高高的虛空。鬱悶如鉛封，徨惑若初見日食者，想要尖叫。直到定神一看，飛航顯示板上載明著飛機正在俄國基輔附近，終有了和世間的聯繫，心頭感到踏實，好像穿過幽冥，又活了一次。

如此懼死，卻又不真正畏怕。有一次身體檢查接受藥物注射，由於體質特殊，差一點點，就要死去。氣喘和燙熱中，襲擊而來的並非恐懼，而是悲傷。

多麼想開口，讓我把那些話說完……

在醫師注射解劑的急救過程裡，幾乎沒辦法呼吸，欲吐，深喘近斷氣，我只奢望能再說一些話，極為渺小的願想。

而死亡那樣的接近，瓜熟將腐的濃郁腥香，張狂而悲傷。

每一次離去，都悵望四方，每一次歸來，都心神震漾，詩就這般追魂逐魄，在兩極之間擺盪。

歸來，就不再離去了嗎？

——節錄自《當一隻鯨魚渴望海洋‧自序》

割裂天空

雲隨風走
風暴怒的時候
雲化為雨
雨悲哀的墜落
淹沒山，傾覆河
沖毀陸塊大洲

最後的鯨魚
從水柱中噴出霧血
崩身碎軀中
對著天空悲吼

雨將永遠不停
雨將割裂天空
天空再也沒有彩虹

——選自《當一隻鯨魚渴望海洋》

在海上

天之猶闇
北方乍見血光
海在視野極盡處傾塌了嗎
歌唱的鯨群　咽喉寸斷

大雨如箭
鯨浮海上
交配之後憂鬱若狂
那麼死亡，就請你給我一個海岸

──選自《當一隻鯨魚渴望海洋》

但願心如大海

上個世紀，我寫過一本詩集，叫做《當一隻鯨魚渴望海洋》，那是我生命最為躁鬱的時期之一。經由對海洋的玄思奇想，我寫下了許多詩篇，彷彿要透過創作，帶領自己受困的心念和意志可以在偌大的海洋中奮游，突圍於心的毒霧。

那時我眼中所見，唯有血月如鉤，我彷彿把自己掛在月鉤之上，帶著獻祭般的悲劇感，沒辦法把自己從鉤上解下、放下。

「人，那麼苦，為什麼要活著呢？」那是四十歲以前，我最常有的困惑。有些人，常常虛言兩舌，逐利而互鬥，藉愛之名而傷害……，凡此種種，不可計數；甚至，甚至無常之中，死亡本來十面埋伏。

我領受了許多人的慈悲和扶助，如同失溫的雀鳥被施食；也從一個讀經人、抄經人，慢慢地變成一個小小行者──思惟「緣起，苦，空，無常」，思惟「不相對而有」的更遼闊的自在。

──節錄自《就在此時，花睡了》

陰影記

是誰揮舞
一柄巨大的
黑色利剪
連吶喊，都支離破碎

蝗蟲來了
蝗蟲來了
密雲般的蝗蟲
挾帶裂地的雷聲
吃光所有綠葉
瞬間留下
光禿禿的世界

陽光照不到的地方
竄爬出

成千上萬的小蟲
鑽進了更黑暗的所在
它們吸吮思想的腦汁
像狠狠吃掉一畝敗壞的田
而後排泄出
鐵釘般的糞便

著火的屋子
著火的屋子
燒光之後
陰影，將統治一切
幻覺啊幻覺
陰影之外
我們別無幻覺

——選自《亮的天》

在時間盡止處

這隱隱的秋涼
勾動了心如瘟疫
一群野馬在高原恣意地疾走
飛蹄踏出了火花

啊此處是
時間的盡止了
再過去，便是黑漆的大海
每個浪花都嘶鳴著死亡

——選自《亮的天》

輕盈記

在針尖上也能行走
澄淨的無念
就是輕盈
就不會感到疼痛
「但是絕不可以開口」
神，如此言說
如此承諾

混跡於一列天使之中
我們，在水上行走
「再見，過了河
你將會徹底忘記我」
我明明知道
那是沉沒，沉沒的詛咒

——選自《亮的天》

之前

壁上的時鐘爬滿了螞蟻
它們魚貫而過
好像去參加一場
地球的喪禮

在死亡之前
時間都是甜的

──選自《亮的天》

坐在吳哥窟的廢墟之上讀詩

坐在吳哥窟的大吳哥城廢墟之上，讀Dylan Thomas的詩：

Hands of the stranger and holds of the ships,
Hold you poison or grapes?

這是〈塔樓裡耳朵所聽〉（*Ears in the Turrets Hear*）的結尾。
「風像一圍火掠過」，Dylan Thomas開展了一種玄思的幻境，
我以為，這首詩寫的是自由意志與面對死亡誘惑的躑躅，以及
懷疑救贖的不可能。那是午後接近傍晚的大吳哥城，陽光時而
乍現如潑灑漫天白金之箔，時而斂收如萬古長夜將至，我坐在
廢墟之上，慶幸這樣的時刻，周遭並無旅客出入，天地如寄，
只剩下，我面對一位英國詩人的心境——其對自我分裂的審
視，透過了詩，聯結迸生出許許多多想法，暴戾的與溫柔的，
像江海翻騰，這一切過後，天地如寄，坐在廢墟之上，讀過詩
的我，和之前的我，有何不同？

——節錄自《創作的型錄》

卷四　星星在雪原上迷路

瞬間

飛行
在喜瑪拉雅的峰頂
我們巡守
而過的一千年
飛行
再高一點
讓我們結網
擋住那些從天幕中

不斷墜落的星星

——選自《有鹿哀愁》

不凡的日常生活

　　在這個初秋的早晨，舒身的涼意讓我覺得無比的煥發，好像可以到辦公室看許多精采的稿件，說不定最近還可以整理若干詩的殘篇斷句，可以見一兩個朋友，這一切都如此新奇、有趣。

　　我走到衣櫃前，挑了一件適合初秋的淺灰西裝，為一天的開始，感到心滿意足。

　　詩從來都不是心滿意足，但詩確實教我們煥發。德國思想家馬丁・海德格論賀德齡的詩之時，曾說：「像一隻巨鷹飛行在暴風雨的前端，為將到的諸神開路。」詩，或者說一種詩意的生活知覺，像開啟、拂拭，為我們日常生活的慣性進行移位，讓我們有新的感性、新的角度看世界，宛若在暴雨前的平原目擊詭麗的閃電，或者在城市的巷弄中抬頭，看到疏星幾顆，彷彿累世之劫裡，所有的纏縛被鬆綁。

——節錄自《創作的型錄》

青田街飛行

樹影篩過了陽光
熱氣變得綠且漂浮
一棟灰色的建築在酷暑蒸騰中如
鴿之展翅
忍不住，想飛起來

一名女子
從街頭走向街底
從中年走向了年輕
啊一個穿有白舞鞋的小女孩
在炎夏的台北踱步，旋轉，跳躍

請不要阻止她
讓她牽著綠色的樹牽著不快樂的我
一起飛起來

——選自《我的強迫症》

遺失的哈達

我們攜手，站在轉世的渡口
船就要來了，我們深深的對望
來生終將如月圓滿，遍照
十方虛空和我們的心房

然而風起轉狂
吹走了繫在你頸上的哈達
你心愛的哈達隨風而飄
我去追它，催你先上船

以為下一艘我就能趕上你
誰知哈達飄得那麼快
翻山越嶺，飛過大洋
五年之後我終於找到它

再過三十年，你坐在堂上說法
依序為生病的身軀繫上哈達
祝福迷途的靈魂堅厚充實
如架上葡萄的果肉撐得飽滿

輪到我了——我彎腰接受你
為我繫上哈達，那今生蜜鑄的鐐銬
我從懷中取出那遺失過的哈達
看見你眼中有滾滾紫色淚光

——選自《我佛莫要，為我流淚》

貝加爾湖

當我帶領找尋你
轉世的隊伍
騎著騾，跋涉千里
月初升時，我遇見你
你正用蒙古語朗誦
自己寫的歌詩
有一匹心愛的白馬名叫奔雷
純白勝雪
依靠在你身邊
如我入定時所看見
我不知所措地望著一切
不知道觀世音菩薩的化身
是白馬，還是你
你在湖邊用藏語
向我問候

神態自若而萬千威儀
問及屬於你的經卷唐卡
宮殿及諸法器
一切安好否
十二顆星星在天空
大放光明
像一只大玉瓶
盛裝了智慧與慈悲
月亮和太陽
以及諸天的眼淚

我在湖邊洗臉淨手
鋪好毛毯，請你上座
為你講完一卷經
此生我為師，為你說法

擦亮你累劫的宿慧
你為法之寶王
乘願再來
以童男之身遊戲人間
再入娑婆世界

我從懷中取出
你的金筷銀碗
起火，舀水注入鍋中
烹煮今夜的香積飯
香氣四飄，無量無邊
當風掠過貝加爾湖
低悶之聲如梵唱
諸天以百千旬之喉嚨
發出聲音

你端坐巍巍
我取出剃刀，削了你的髮
然後頂禮

我已經老了
想起那一世你化身為白馬
馱我於背，載我渡湖
免於覆舟之漂溺
此生我為了尋你
耗竭所有心力
終得見你
百千億劫啊不可思議
不可思議

當風掠過貝加爾湖

你用完飯，洗足訖

從湖底撈出一顆星星

並且將之擦亮

放在我手上

對我說：那是你彼世的眼淚

眼淚一滴

我把它藏在，冰冷的湖底

──選自《遺失的哈達》

夢遊西藏

我從未曾去過西藏，那山巔有雪有夢的地方。

但我確實在夢中去過西藏，景觀中一直有天葬台，並且感覺自己呼吸萬般困難。

各種有關西藏的宗教歷史、風土人情的文字和影像，我都為之深深著迷，甚至還寫了許多首有關活佛轉世的詩，彷彿其中有巨大的奧祕，關於生死輪迴，關於此生的意義。然而在極稀薄的氧氣中，我可能昏厥，或者死去，就在天葬台上，一片一片被割去，然後禿鷹降落，吃盡了飄盪中的我，靈魂要進入中陰身。乾乾淨淨，了無罣礙。

但我，是有許多罣礙的。

也因此，好幾次構想或規畫了西藏的行程，我都頹然的放棄。此生還有這麼多耽溺，我該不該為了一次極為期望的旅程，跨越可能，或者說妄想死亡的恐懼？

——節錄自《創作的型錄》

妄念記

濃霧的早晨
舊金山像是包裹著一層
白紗的心臟
親愛的
海鷗是我們
航向老去的前導

當你睡醒之際
神無念無想
灑出了一天的時光
天使在港灣的上空巡守
海底長滿了葡萄

──選自《亮的天》

倖存的願想（之二）

在花蓮，或者在義大利南部的海上，看見了鯨的出沒，宛若詩的現隱無常，我暗暗揣想自己年幼時最放肆最狂烈的夢想：養一隻鯨。

無垠的海才能供威力的鯨擊浪壯游——我並不能夠獨自擁有海洋。長大以後我逐漸任年幼時的耽想一再被現實修改，有些迫於無奈，有些則是棄守，所剩者幾稀，詩，總算漏網而倖存。擁有這樣的能力，好像一種手工藝，不能被量產或抄襲，在大量複製的世界裡，忽而竊喜。

詩為知己者而寫，莊嚴不可兒戲，宛若，當一隻鯨魚渴望海洋。

——節錄自《當一隻鯨魚渴望海洋·自序》

夢中繁華

靈魂生出了雙翼
飛入了
至大的虛空
那麼自由
以致於悲欣交集

夢中可以
煮雪為水
澆灌種種共有的記憶
啊我是雲泥
請你開滿繁華

——二〇二〇年

紫兔

白色雪原上
躍出一隻紫兔
彈指間
嘩嘩長滿了苜蓿

這個冬天
我們剪裁星河為布
最亮的那顆天狼星
留下來，當做百年後
陪葬的袖扣

啊紫兔紫兔
彼狡兔兮
未著半絲

——選自《當一隻鯨魚渴望海洋》

擊鼓

早雷響于四野
我聽見了
你在遠處擊鼓

紫兔輕輕的哭
星星在雪原上迷路

——選自《有鹿哀愁》

譬如

譬如愛染
心是美麗的魔王
披上了紫色的毛氅
緩步走在雪原上

譬如愛染
心是朱紅之碗
漆上了金色釉彩
我們用來
承裝天地的雨露冰霜

譬如愛染
譬如將死的孔雀屏展
譬如此生要跟隨你
行走十方

——選自《有鹿哀愁》

心畫——記張淑芬與我合作的一件作品

　　我回想起這一生自己心所想生的傷害與之後努力的修補，決定要以墨痕表達。因為從沒有面對這麼大張的紙，我像是籠中之鳥被釋放，面對佲大的天空，竟不知如何展翅飛！

　　粗放的筆觸、溫柔的筆觸、濃厚的墨塊、飛白般的刷痕……，我逐漸專注下來，在一張大紙上，想把心思心念於一瞬間統合——情動於中，透過手透過筆，把它表達出來。「這不是一張畫，這是此生，我自己的精神分析……」但這樣的自我對話，只有一瞬間，我就陷入若有想若非有想那種出入自如，把自己的身心愛染，透過墨跡墨痕，如同一種自動書寫（automatic writing），而完成了一紙「墨的寓言」。

——節錄自《就在此時，花睡了》

頑石

來世或將無此肉身
而化為一頑石

請以刀刻我雕我
濺出石火與魂魄
請為我鑿出那五官
宛若菩薩般慈悲的眉目
請讓我
為你淚流不止
為你點頭

——選自《有鹿哀愁》

如是供養

蓮梗是骨
蓮蓬是臉
蓮子是你看我時
悲憫而帶苦的眼睛

三世以來
我就是這池
永不乾枯的水
一缽淚
供養你的神識於無形
供養你的肉身
如此亭亭

——選自《有鹿哀愁》

合掌

我向你合掌
有一世你對我行布施
我記得
你分了食物
讓素面相見的我果腹
我向你合掌
有一世啊當我行走山徑
你走在前面
發出歌聲
並為我移走了斷枝
以及亂石
我向你合掌
有一世我哀傷的時候
你給過我
溫暖而慈悲的眼神

是以我向你

深深合掌

你曾經是那星辰

荒野中指引

我走出那困頓迷途

深深合掌

啊我向你合掌

你是大海

我是嬉遊的鯨豚

你是高山

我是盤繞你的白雲

雲化為水

流向了大海

又蒸騰為霧為露

露溼了你所化身的
花草和樹木

我向你合掌
十次，百次，千次
千千萬萬次的合掌
都不足以表示
我萬分之一
算數譬喻所不及的感激
此生，怕又來不及了
更何況你
我看到你的眼光中
是啊有著無數的
生生世世

——選自《我的強迫症》

原是一名抄經人

　　那個酷寒無比的冬天，我記得是不下雨的乾冷，還有些微陽光，尼歐那時是不到一歲的小狗，純種好看好動的米格魯。有時抄經累了，我躺在地板上，他就過來舔我的臉，我就告訴他，我人生所有的恐懼、黑暗和不堪，他用慧黠的眼神表示傾聽和理解，他並不需要言語。

　　有時尼歐跑近他的外出皮繩旁，叼著皮繩跑近我，希望我帶他去戶外散步。

　　對於那時缺乏行動力的我而言，有萬般不願意。我曾經喃喃的向尼歐說過「我都決定要自殺了，你還要我帶你去散步！？」

　　尼歐堅定的叼著皮繩，左右蹦跳，他那種全然純真的眼神讓我無法拒絕，所以，我滿他的願，就帶他外出散步、晃盪，有時一個小時，有時兩個小時，戶外的陽光照著我們，並不能驅趕我心的寒冷，但我們相互陪伴。

　　我的心中也開始有光，慢慢的照破了黑暗。

有一天凌晨，抄寫觀世音菩薩普門品，抄到手累了，暫停休息時，閉上雙眼，眼中心中可以感覺無量無邊的柔光紛紛，宛若細碎的鵝絨漂浮在空中，那一刻，我感覺到真正的平靜、自在、內外不分，好像我的心與這個世界不再衝突乖違了。

——節錄自《但願心如大海》

繼續

逝者再不必計較於
詩還沒有寫完
之類的問題
或者音韻，和斷句

詩是鐮刀收割字句的穀粒
啊詩是鼻息
宇宙因之而繼續
繼續呼吸

——選自《當一隻鯨魚渴望海洋》

失語

突然有了
話語過多的恐懼
一隻鯨魚
因害羞
而沉入深深的
深深海底
一種單純的音調
發自海洋的胸膛：

如此簡單
幸福的喃喃

──選自《有鹿哀愁》

説話與沉默

　　語言的誤解和魅力是始終困擾我的終極問題，到現在我逐漸體會，該說的時候用力的說，不該說的時候儘量保持沉默，讓說蓄勢待發是美德；我努力保持對自己的一點點了解來作為對他人的敬意，而當然，這是個隱喻。

　　語言對我的魅惑力往往遠大於我的企圖所及，它用來顛覆慣性知覺的力量，我還在努力練習。但我知道：說與未說，及與不及，世間沒有不說自明的事物，一切都是解釋而已；一切都會成為標示過去的陳述，供人憑弔，或者遺忘。

——節錄自《陽光蜂房·卷末》

讓我用詩回答你

那些未完成的詩句
是我的感激
你眼角的一個毛孔與
下一個毛孔之間
相隔有十萬里
你是巨大的神力
所以我必然失去話語
請容許我
以心跳和詩回答你

——選自《我的強迫症》

我不得不

我們的心，就是一本又一本仍未結集出版的詩集。

詩是我的火眼金睛，但我知道自己還被囚在煉丹爐裡，想要推開爐蓋，因而奮力拳打腳踢。

燒到最後連火都化不盡的那些就是真身而我只能給你我的真身實際上我就是你的真身——這或許是詩自身能召喚同感的能力，所以寫詩讀詩還存在著意義。

有時候，詩是我安靜自燃的餘燼。

詩是我對這個世界的抱歉和還禮。

餘燼、鑽石原本同一物。

關於詩，最有意思的地方，在於真正的詩，藏在詩句之外，以及詩句之間。字之於詩，並不若字之於散文小說，是故事或意旨的載體，在其中，字，僅僅就是字面的意思。字之於詩，像線條之於圖畫，它既是詩的組成，卻又不是詩的本質。字勾出詩，而詩，超出字。

——節錄自《我的強迫症·後記》

卷五　母親，今夜妳遺傳我所有的憂鬱

母親，我的鑰匙丟了

鑰匙丟了——
讓我把這份憂懼傳染給妳……

母親，回家的路上鑰匙早丟了而
暮色悄然走近
吞噬了，我的影子
母親，今天我繼續找尋微鏽的
那把鑰匙
曾用來開啟絲路通道和
敦煌石窟的
那把鑰匙
母親，當初妳帶領我
走入巨大黑暗的
那把鑰匙

曾經一度厭棄
啊母親，原諒我──
只是，到那裡可以找回
那把鑰匙？
童年的草坪上只一兩隻灰鴿驚惶啄食
其餘都，飛走了
一如童年火柴盒裡不斷啃噬的蠶不斷
啃噬，我總找不到足夠的桑葉
母親，鑰匙丟了看見
波濤洶湧裡巨鯨吞下了妳──

而只是牀單散落滿地
而只是、只是昨夜的噩夢
母親，今天我繼續找尋那把鑰匙
像可憐的童年在草叢裡找尋一枚

失落的硬幣
從清晨找到黃昏
從黃昏找到，夜深
母親，我累了
相對於無盡迷失的磁場包圍
那把鑰匙的下落彷彿是一道
不解的密碼
母親，我撞見
中年微駝的我在街角
翻起了，大衣領子──

翻起了大衣領子
母親，然而我卻只是孤獨地
迷失在西門鬧區
──一個恍惚的原宿街頭

寫詩的周夢蝶從武昌街
消失了，出現的
三個龐克少年嬉聲撞倒我
——所有希望跌倒在地
啊母親，這是紐約第幾
第幾街？母親，我的那把鑰匙究竟
究竟遺落在那裡？

那裡？母親
遺失了指北針然後我
走入更遙遠的記憶裡
草原盡處一首牧歌輕輕昇起
驟急的鬼雨卻將它淋濕，墜地
母親，我的鑰匙是不是？掉落在
塞外的草原

草原之上一隻巨鷹疾疾掠飛

伸出鋼爪

抓傷了，大地的臉

母親，血，不停地和著淚

　　　淚，不停地和著水

水不停流、不停地流入我們共同的

動脈，起源於巴顏喀喇山的

洶湧澎湃

最後卻，凍結在我的眼角，和鼻尖

——母親，我看見

年老的我正用龜裂的手掌

撫摸那不會站起來不會說話的

大地，撫摸，我的臉

細細地撫摸，輕輕地唱一首

無言的催眠曲——

母親，但我絕不能就此睡去

——那把鑰匙遺落已久

待尋到時會不會？已全然腐朽

哭倒在街頭的闃寂裡

母親母親，那把鑰匙究竟躲藏在那裡？

我在晚報上遍登找尋啟事而

那把鑰匙究竟遺落在

那裡？夜用十億雙眼睛看我

母親，我的影子悄悄起身

再見！離開了我

再見。影子離開了我是該站起來

獨立思索

母親，我將去吻妳那

乾癟的乳房
母親，我要去錘鍛一把
全新的鑰匙，鑰匙將奮力地
打開破曉
破曉的光將驅走
所有的黑暗
草原盡處
將有一首歌昇起
母親，是我嘶聲歌唱
一首歌，隨風逐漸擴散
卻將被人永遠記憶
母親，關於我身世的流離
那把鑰匙轉折的譜系

——選自《陽光蜂房》

家譜

（1）隱藏的星星

攤開我的雙手，父親，我們有同樣的掌紋……

對坐在暗夜最深處，
父親，我搜索卻又逃避注視
你那逐漸被翳包圍的雙眼，
更遲遲，不敢開燈；
因為我害怕燈亮後，將會清楚地
看見包圍你的眼翳
蒼白，如包圍你的半生。

仍在打量那天去割除背上的腫瘤嗎？
父親，你背負了許多年的，腫瘤。
「只是一塊贅肉罷了，何況

醫生說是良性的……。」
但是，割除背上的瘤後，
你知道嗎？仍有一個沉重的包袱，
仍要你，繼續擔負下去──
「太晚了，去睡吧！」
你緩緩地踏步，離去，
留下我，一個人茫然地注視窗外；
夜，真是深了──深得可怕，
星星卻仍隱藏在天幕後面，
隱藏著，沒有出來。

（II）停電的夜晚

母親，今夜妳遺傳我所有的憂鬱……

我焦躁地打開牆上的窗戶，連同
心裡那口緊閉的小窗，
渴望一絲光線射入；在停電的夜晚──
母親，甚至沒有一顆流星
劃過窗外。

我頹然坐在牆角，抱頭思索，
究竟要如何找尋一盞燈，
且將它點燃──但是
母親，妳連續的咳嗽聲打斷
我僅有的思考。

很久了，我的思考遲緩地飛翔著，
因為它的翅膀已經受傷，
受傷於妳和父親用鬢角的白髮與

纏身的病痛，
來串聯編織
我年少的夢想。

母親，但我知道，真的，
只要有一口向東的窗戶，
明天，便有了希望；
我要開始在東面的牆上
打鑿，鑿出一個窗戶來迎接
明晨燦爛的陽光，
所以，妳和父親一定要沉沉的睡去，
睡去，不要在今夜
驚醒。

——選自《陽光蜂房》

祝福十六帖之十五　無生法忍

媽媽：

我們這一生都在「忍」當中。

忍受各種不如意、忍受各種挫折，忍受我們關心、心愛的人的病與死。

像爸爸癌苦多年，像奶奶臥床多年，像伯母兼阿姨——妳的親姐姐突然急症。

他們的捨報，對妳很多衝擊。

我可以理解妳一定有很多困惑、感慨與悲傷，並未跟我說。

媽媽，佛教講三種忍：生忍、法忍、無生法忍。

生忍是為了有這個身體忍受，為了生活、為了活下去的忍。

法忍是，知道有無窮的慧命，知道這個肉身可以解脫，而做「難行能行，難忍能忍」的忍。

但是媽媽，忍很不容易，有時很折磨，常常會讓人想退縮，甚至放棄。

像觀世音菩薩，就是體會了「既沒有生就不會滅」的道理，

所以他通達了「無生法忍」，而成就為大菩薩的。

我們可以這樣想：無生法忍是當念頭不生起時，就不需要去滅它。比方說，我們去醫院檢查，等報告出來的時間，總會東想西想，心中煩亂不安。但如果，我們好好吃乾淨的食物，好好運動，放鬆心情，放下亂想，結果出來，再好好照顧處理我們的身體，那樣，我們的心，就會更自在，更有能量了！

——節錄自《但願心如大海》

颱風

凌晨五點
父親坐著時鐘飛到我的床前
放映一座浸水的村莊：
七月狂暴的颱風夜
斷竹被狂風削成一把把飛箭
刺穿了雞鴨飄上天
屋內下起大雨
母親，我，妹妹
和襁褓中的弟弟
躲在床角
看著父親披起雨衣
父親坐著手電筒
飛了出去
家裡的小魚池又要漲水
那些辛苦長大的草魚和鯉魚

都將在今夜
跟著滿溢的池水
沖到馬路上，和隔壁田裡

雨停了
父親坐著空空的米缸
我跟在他的身後
撿拾那些暴斃的魚
有幾條還喘著氣
父親沉默著
導演忘了給他台詞
他在閃躲避不掉的
命運攝影機
他用力踩著腳踏車
踩著踩著，想要逃離

逃不掉的父親
慢慢底無法抵抗地心的引力
我在一綑膠卷中
不忍心叫醒他
我自言自語說爸爸，讓我
趕走停在你鼻尖的
那隻肥大的
蒼蠅

父親卻拚著餘力
坐上時間這隻蒼蠅
飛到我剛滿月的兒子面前
我指著熟睡中的他
說：爸爸，你看他多麼像你！

父親笑了

我們坐著他疲倦的心臟

一同飛回，那年的颱風裡去……

——選自《我佛莫要，為我流淚》

父與子

父子一起拍照
恨恨於洞悉彼此的笑容
如此牽強和造作
拷貝了基因
也抄襲了偽善
一對父子被攝入鏡頭
鎂光燈閃，再閃
不懷善意
貪婪的窺看

「當我小的時候
你總說考了第一名
會買一匹馬給我
然而你卻一再食言毀諾」
兒子憤憤地轉過頭

對父親說：

「這一次你不許逃走」

無論如何

這是難得的合照

必須保持快樂

父親的頭髮

在化學治療後拚命掉落

他要求拍照

「那麼，我們笑一個」

記憶的牢房裡

兒子看見父親

拿著皮帶抽打他的雙手

他對父親説：

「你要留多一點恨，恨的時間給我」

父親沉默著

不置可否

——選自《當一隻鯨魚渴望海洋》

我一個人記住就好（之一）

　　從來我都不覺得自己像父親。

　　小時候，暴烈的他是我深深的嚮往和絕大的懼怕。嚮往來於他勇於承擔，而我，生性偏向怯懦和憂鬱；我花費了很長的一段時間，才想清楚我永遠都不會成為他，我在生命中選擇了轉向，或者是不由自主地成為另外一種男人：不要隱藏想法、怯懦和情感，不必什麼都獨自一肩承擔。

　　這樣的背反，我一直沒有勇氣當面告訴他。

　　從小有了記憶開始，我們從來沒有屬於父子親近的肢體接觸，一直要到他重病，需要依賴了，我才有機會拍他的背，摟他的肩和腰，甚至牽手一起去釣魚。生命反方向前進，我的動作原來是父親的特權。

　　但是四年多來，我又感到非常的不耐煩，因為只要一到休假，我必定回去看他，交談的話語總是圍繞著他身體狀況，無味而貧乏，我必須給他希望和安慰。……

　　我是那麼的想逃，但一思及母親，像標本一樣被釘在自己

的家，我又是多麼的幸運啊。

我多麼害怕電話響起，是家人驚惶的告知，父親又急診、住院了……

我的偽裝始終沒有被自己揭露，雖奇怪但也合理，他生我養我，不求回報，這是還債的時刻了。

他的氣質粗獷，我則敏感纖弱，絲毫沒有相同之處，為什麼我常常覺得深深的愛他呢？

——節錄自《我一個人記住就好》

因為玫瑰在哭

你這樣沉沉睡去
而我是一個蒼老的鬼魂
前世聽你說話
不慎怠懈瞌睡
你寬容地笑著原諒我
而我願以千劫墮墜鬼域的詛咒
以夜為衣，緊緊看護你
不容許妄念和魑魅
侵擾你

我不要你醒來
因為園裡的玫瑰在哭
哭自己美麗卻有刺
你千萬不要醒來
因為園裡的玫瑰在哭

愛，並不能教荒地化為樂土

──選自《當一隻鯨魚渴望海洋》

我一個人記住就好（之二）

　　那是陰冷、黯淡的春節前後，父親已經好幾個月無法進食，端賴胃管的灌食，而最後終於改為營養劑的注射。先前灌食的營養奶品開始湧出，他的胃的功能快速地衰竭而喪失，而終於連胃液也開始外滲；外科醫生束手無策，他們盡人事地更換各式胃管，從細小到最大的口徑，這一切外科處置到了盡頭，醫生卻也不忍告訴我們，這是療程最後的步驟，死亡已迫在眉睫。

　　我終於說服了家人，將父親送往新店耕莘醫院的安寧病房，那意味著放棄了積極性的治療，不會有插管的急救，會有不設限的止痛針劑不停的施打，乃至嗎啡，生命沒有奇蹟的時候，不要再有疼痛。

　　我在一個灰撲撲而轉為暗沉的冬日上午，返家和母親、兄弟載送父親，我們備好輪椅，他再也無法自己走動，先前買給他助行的柺杖也變成了多餘之物。

　　我和弟弟扶著他，從一樓他的床走到門口的車子旁，短短

的幾公尺，他已經氣喘不止。

他已經很多天不說話了，我們和他的交談，靠著最簡單的搖頭、點頭，還有眼神藉以溝通；他退化成幼兒，我們必須用是與否的問句來探詢他的看法。用虛假的、毫無可能的話語安慰他，給他希望。

我從駕駛座望向後頭，一個英氣的、好看的男人終至如此的衰弱，可是為何他那麼的勇敢，那麼的想活下去？他渴望些什麼？預期些什麼？

他困頓至極地癱坐，繼而斜躺在車後座，垂著頭，閉起了眼睛。

他住進了安寧病房，兩個病人一室，他躺下去之後，再也沒有起床過。

——節錄自《我一個人記住就好》）

弟弟的沙灘

他剛長鬍子的那年
我帶他到鄰鎮的小戲院
看外國的黃色電影
男與女撕咬的
血脈的賁張
那一年
我還沒讀過弗洛伊德但
已經能夠幻想
和高潮。在黑暗中
他看著我抽菸

再更小的時候
我帶他到家鄉那布滿針頭
和玻璃瓶的沙灘
聽波浪合唱

海，太大太深了

充滿恐懼的我們

一直不敢講話

等到星星發芽的時候

才記得要回家吃飯

我們被並排罰跪

他告訴我，哥哥

哥哥我們以後聽媽媽的話……

那一年大雞瘟

海灘上

到處都是腐爛的雞屍

和生蛆的夢想

待在台北的第八年

我在這裡落了籍

每天塞車上班

努力賺錢繳房屋貸款

有一個微醺的清晨

月亮左顛右倒

不小心，我又看見那片沙灘

在防風林中弟弟的腳底

被銳利的玻璃片割傷

他沒有叫痛

他只是說，哥哥

哥哥我們回家……

我背著他

還有我們的童年

慢慢的走回家

——選自《家族》

不需收藏

　　我永遠記得一些眼神、一些表情、一些言語,這些都曾乍現而又倏忽而逝的,才是真正的存在。冰寒的天氣,勻美的呼吸。或者,童年池塘的氣息,稻子新割過後的田氣,在母親身旁寫字畫圖的記憶,在父親摩托車後座所嗅到的汗味和氣息。這些都沒有留下任何照片,卻又無比準確,堅毅。

　　不要收藏,才可以維持更長久的存在,收藏是一種戀物,戀物是因為不信任自己的記憶。

　　那麼,你不要送給我任何東西,我也可以無比包容的記憶你的美麗。

　　你的美麗,無可比擬。

——節錄自《我一個人記住就好》

寂寥——詩呈林文月教授

我想我知道精神寂寞後回首

人間之寂寥，恍兮惚兮

一如初冬的芒花

渾欲抽高，如是淡粉點染紫紅的穗心

次第，宛若花火向外垂展

隨著時間和節氣而

皺擦，終將轉為白灰中透露出

微悟的淺淺金黃

時間，是一隻鵬鳥

怒而飛，其翅翼飄落下

落下的一些羽毛正是遍山

初冬的芒草所開之花

一如，腐草化為螢的

初夏之想。你走過並駐足

遲疑著，又彷彿凝神而望

天地以一貫的節奏

於晝放明，臨夜旋暗

你駐足，感覺冥冥中有一隻

大鵬鳥搏扶搖而上

奮飛過後

天空什麼都不留下

啊天空的寂寥恰巧正是

這些彳亍掉落的羽毛紛紛

於虛空之隙化為陽光啊化為這些芒花

陶謝也躞步，感懷而有詩

凝神於物而

物之有神

正因人之有情

正因人間看似蕭索其實

全然無邪而不免哀愁的張望

春與秋如一晝夜過了
一隻飛過的大鵬鳥就如此
凝天空之神於
千年之一瞬
一隻搓手的蒼蠅
一套譯就的源氏物語
或一次海邊望遠而感覺
遙遠的感覺
寂寥的前方乃物之哀
寂寥之後頭乃虛空之有涯
無涯者，唯精神寂寞耳
所以，譯就源氏物語那一日
你的踟躕

你的獨立而徘徊

你的寂寥

宛若煉彩石以補天

補天之後，回到人間

看見芒花開了遍山遍野

啊一隻別人並未看見而已飛過

天空的大鵬鳥

——選自《我的強迫症》

在池上——記蔣勳先生「池上日記」畫展

畫筆的速度是啊
比不上天地
變異生滅之速度
才收成不久
農人火燒稻禾為肥料
大地這張紙上
遠望，書跡勁秀
近看又盡是墨痕斑斑

才一眨眼
遍地都是油菜花之亮黃
暈染了冬天的光
時空為之殷勤一一點染
整片地上都是黃蝴蝶
正午時刻宛若翅翼接近螢光

停駐於綠色莖葉之上
款擺，搖晃
恍惚又似黃色的海
黃色的波浪
細微湧動
時空因之有了
有了震盪

畫筆的速度
確然是比不上
那大地每天都示演的
變異生滅
雲瀑有時毅然流下海岸山脈
而又繾綣不捨而迴旋往上
所以大地望之儼然

有若仙鄉
是啊你筆下的池上
別有天地在人間
不在天上

就像大坡池旁的林地
破曉時
林木深處
宛若漏斗流出了白光
乳白，瓷白，象牙白
百合白，紙白
啊白中之白

黃中之黃
綠中之綠

白中之白

你的畫筆遂追隨自然

乃知生生

不息者是光

光，顯豁萬有

大地本來面目

法爾如是

自然，而然

——選自《我的強迫症》

欣欣物自私

　　我知道蔣勳老師這副對聯要向我說什麼，大概是提醒我，不要任心緒常常為外境所惑搖，要跳脫出來，客觀化去面對更廣潤的秩序——美，甚或是不仁；一刻靜心之中，可以稍稍修補自己為人事、時局、世道所斲傷的心性吧。

　　在旭原、惠美家乍看蔣老師送我的字，我突然理解了一件事：王羲之愛鵝、養鵝，或以其體態動作而融入字中；蔣勳老師在台東池上住了許久，完成《池上日記》等二書，還有許多畫作；大坡池中，那些殘荷之梗，遂一一舖排在紙面，而成為這一副對聯了。以荷梗之形，化書藝之神，寫出來的字遂如此順自然、任天真，而有一些良寬禪師的味道了。

　　哪吒，不也是以身命返還父母之後，他的老師太乙真人藉著荷花、依三才而使之重生嗎？

　　「寂寂春將晚，欣欣物自私」，一副小對聯，其實是蔣老師對我的殷殷付囑；如同我四十初度之時，老師所送的一幅字：「是身如焰，從渴愛生」——維摩詰經的句子，也是蔣老師以

194

字提點我的「不度之度」啊……

——節錄自《就在此時，花睡了》

如此翠綠——題記郭豫倫畫作 *So Green*

破曉的光
一如極細極細的銀粉
裝在黑漆木盒裡
訇然被灑出去

那些在荷葉上滾動的
我們分也分不清
究竟是露水，還是淚滴
是愛，還是別離
翡翠綠與朱砂紅的蜻蜓
從生而來
短短的駐停
旋即鼓動翅翼
向死亡，飛過去

風吹過荷葉

若舞者，而搖曳

每一個凝止的瞬間

像枯襌寂寂

睜開眼

如此如此翠綠

——選自《我的強迫症》

鏽的時刻 ——為郭思敏
「形，和他的遊戲」個展而寫

境外飛來的石頭
張大了嘴巴
想說些什麼呢？
情緒、感覺與愛恨俱歸於一
一切即一
極淺而跡近於無的
喜悅和悲傷
像無伴奏的巴哈
擱淺於象牙白的
液態與固態之間的
半凝結的月光

一如肉身在朽壞前要活過
要站立在大地之上
鐵，一接觸空氣

便開始生鏽了
生鏽，彷彿自由的意志
如此很好
不需要特別為之悲傷
在時間盡頭的地方
一個物件
以不可思議的方式
向宇宙，發出他的信號

——選自《我的強迫症》

火中諸神 ——觀吳耿禎剪紙

羚羊掛角
火一般竄生的角
無跡可尋
山與樹之間
是火雲

許多古老的神話
刑天、炎帝、蚩尤
我們專注的看著
剪紙，紙上的風雲滾滾
一張濃縮的山海經
火中的羚羊
火中的諸神
心的蹄痕

——選自《我的強迫症》

漠漠如織——孫翼華畫作印象

平林之後
以為漠漠如織其實
是山，山的拔升
還有海，海的震盪
以及花間慈悲的佛顏
花，是天地之厄言

透明的水母在大海中
漂流其實乃
以自己接近空的
方式禮敬無涯無涘
作畫人如是殷殷載記一切
一切由心，心是工畫師

——二○二○年

宇宙並不掉下眼淚——送于彭

成為星光
成為晨露
成為風
風吹著一串串的星星
像珠簾叮叮
你撥開天空的珠簾
無盡的虛空中
啊是更多更多的星星
遂有些千古寂寞啊
練余心兮浸太清

一座山是墨
大地是硯
千年的靈椿是筆
你揮筆

筆補造化

寒露凝結於

一切花瓣葉尖

宛若來不及滴下的淚

冰魄水魂

俱都黯然凝結了

是不應該傷悲的

我獨立在你的畫之前

巨大而自由的風

從宇宙吹來

宇宙並不掉下眼淚

——選自《我的強迫症》

于彭的山海經

　　那一晚，我以為于彭乃先秦之人，遊歷多方，甚或御風而行，目擊了諸多動物、植物、石頭、山川、江河；他的創作，正是他的巫術、他的神話。畫中的男男女女，或是山神海神之轉喻，不操蛇，但呵氣成山川或園林，並澡雪精神，練于心兮浸太清！

　　于彭的畫，像是那些元明那些道士畫家們，知肉身與智識之有限，而於創作中，逐宇宙之無窮。

　　但他不求淡遠、闊遠，他把自己自己放逐在更多神話、更多巫術、更多危險的地方。他膽敢踰越，到《山海經》的世界，看來諸色歷歷但又渾沌一片，並且回來，告訴我們，那裡有些什麼。

　　是以于彭畫的元神，總是血色淋漓、充滿氣力！但他畫中也總有一種美，讓我想到《楚辭‧九歌》的世界。他畫中的男男女女，有時像〈大司命〉、〈湘君〉、〈湘夫人〉等等。他的畫，

總是把我帶到許多時空，神話的時空；於彼時空，巫覡，就是他畫中的男男女女，含睇看著天地與人。

這樣自由穿梭時空、歷史、神話、文化的人，內心想必是極度孤獨的罷。

——節錄自《但願心如大海》

我們都是大樹上的葉子——
為郭旭原、黃惠美而寫

我們都是一棵大樹上的葉子

是樹上之葉，無常的風

一陣風吹過

我們有的仍在枝頭

有的忍不住飄落

過去，現在，未來

佛陀都在這棵大樹下

不可思議的入定

不可思議的宣說

佛說：看哪！這棵大樹

從無始劫來

就長在這裡

葉子從青翠，轉為枯黃

而終必飄落，飄落在地上化為養分

滋養新生的葉子
新生的葉子常常忘了他自己
也曾經枯黃，飄落

我們都是一棵大樹上的葉子
佛陀如是殷殷而說
他望著樹上一片將掉落的葉子
溫柔的說：我將會
我會用我金色的手臂擦拭他
當他飄落之後
像是用金色臂撫摩一弟子的頭
提醒他不要忘了
一棵樹上無數的葉子，共有一個樹心
無數眾生，共有一顆真心
佛說：而真心，是不會死的

我們都是一棵大樹上的葉子

從無始劫來，這棵樹

就長在我們的心中

有緣、無緣的我們都是樹上的葉子

翠綠的時候，好好翠綠

飄落的時候，不罣礙的飄落

而佛陀從來都

安然的坐在這棵樹下

任憑無常的風，吹過

——選自《我的強迫症》

祝福十六帖之四　樹上之葉

　　那天晚上，在銘遠家吃飯，一個空檔，跑到頂樓露台抽菸，微雨，我和旭原像小孩般蹲著，不遠處，便是一○一大樓。

　　旭原突然說：「還是很想念我爸爸。」

　　我了解那種感覺。我父親一九九八年往生。今年中秋前後，我在一家麵館晚餐，青菜番茄蛋花湯上桌的時候，我一下子就流了淚。

　　因為想起有一次父親化療結束，比較強壯一些的時刻，我煮過這種最簡單的湯給他說喝。他吃得非常非常的多，吃完之後，露出滿足的表情。

　　瞬間被勾起的記憶，讓我又激動又感傷。……

　　我們今生的父親的肉身都不存在了，我們憶念，但要學會祝福、儘量不悲傷。他們和我們，都是一棵大樹上的葉子，只是因緣到了，他們必須落下。

　　——節錄自《但願心如大海》

不忍——詩致林義雄

讓蚯蚓繼續翻身在土裡
在最接近天空的蘭陽盆地
整座平原宛若一架鋼琴
母者和孫女是斷去的那根弦
這一次，她們並沒有時間
可以彈到高音C

所有的蚯蚓都將繁殖在這裡
春雨像飛針刺痛了
土地的背脊
善良的靈魂猶依依
不忍登上從空而降的天梯
她們一再徘徊

她們躲進雨中的一棵尤加利

大樹堅強地挺直了腰桿

不忍讓她們看見

那彎下身來而抱面痛哭的自己

但終究，還是有一些滾燙的雨滴

穿過了樹葉之間的縫隙

——選自《家族》

梳完了頭髮再遠行

　　我不斷地想起子路，那個曾暴虎馮河的孔門弟子，後來投身彼此敵對的政治陣營的一方，不料天平往一邊倒，輸的人注定要覆亡。

　　子路被重重包圍住了，再也無以脫逃，刀矢欲齊加之際，子路喝道：君子死之前，不可以不正衣冠。

　　他整理好自己的衣冠裝束，然後受死，被剁成了肉醬。

　　那群行刑者目睹了這一切，看著子路驕傲地正自己的衣冠，自信而尊嚴地成就了死前的雍容與端莊。在那種死生交迫的情境下，身體的自主權鑿開了照耀未知路途的一線天光。

　　那對身體的耽戀正是生之欲的榮光。

　　慢慢地梳完了頭髮，緩緩地正了衣冠，逝者就要出發，向遠方。

　　身體終將消散融亡，化成灰，轉為水，只有捍衛身體的意念和姿勢，標示出存在的獨一無二，不可取代，行刑者看見這一切，將會明瞭意志不可撲殺。

只可惜，真正懂得愛自己的人卻必須死得那麼早。

——節錄自《我一個人記住就好》

夜空歎息——悼楊牧先生

夜深，深夜的雨
如千軍萬馬殺將過來
夜聽錢塘潮
魯智深瞿然而醒
啊天地
一身於天地何寄

我坐在露台靜靜的
抽一支菸
遙想公元兩千年
在西雅圖的傍晚
談到的文學、溥心畬
還有您關心的公理
和正義的問題
窗外的木棉猶熾烈的

吐出紅花
多麼像您的詩句

一隻蜻蜓
一條溪
一隻雀鳥
名為紅衣大主教
立霧溪的河床
太平洋一片不尋常的浪
這些您所揭露
美的秩序與奧祕

我聽見如箭矢
射下的雨中
夜空，夜空在歎息

超越喜悲生死的
乃您的詩句
珍珠瑪瑙金銀瑠璃

您繪製的星圖
閃耀著七寶
夜空因為自慚比不上
您的詩句美麗
所以，所以在歎息

——二〇二〇年

卷六　那一年，我的青春被捕了

鼠

好幾億隻
躲在
銅像陰影裡的
乾瘦的
老鼠
不停地磨著
咬囓的慾望
磨著每天變尖
變長的
牙

所有種種
究竟要如何編成
一則寓言呢？
寫實？或者魔幻？

老鼠。銅像

當年血流成河的廣場⋯⋯

——選自《陽光蜂房》

年代

那個年代沒有爭辯只有無情的
槍聲。有人在街頭仆倒
有人號啕，牛羊死了遍地
鷗梟夜啼八方

那個年代不許流淚
只因恐懼無故入牢
離妻別子
人生處處是刑場

來不及等稻浪熟透
許多人繫上鐐銬
父不父，子不子，不過是
歷史中一個小小的玩笑

那個年代只有槍聲

權力，和榮耀

死去的父親希望他的孩子

永遠不要長大

——選自《陽光蜂房》

中山北路行七擺

　　夜裡，一群人到雙城街的酒吧喝一杯威士忌或長島冰酒，聽六、七〇年代的西洋老歌吵啞地在空氣間迴盪。有些歌的年代比 Rolling Stone 還更早。天亮之前，我常會沿著中山北路往南走，一直走到國賓飯店才停步，我的心裡也常在想，當總統有什麼好？他一定無法像我們這樣自在地走過這條漂亮的大路。權力為何這麼教人迷狂？在那些威權、肅殺的年代裡，有多少人等候在這裡，要向總統申冤？好像中國古代，州官肆虐，無處昭雪沉冤的老百姓鬱鬱累累地千里跋涉去了京城……

　　那是解嚴後狂飆的時代，示威、遊行、請願，而後是強人政治的休止符。一條中山北路不只行七擺，想起法國象徵主義詩人藍波所說的：「我們在燃燒的忍耐中武裝，隨著拂曉進入光輝的城鎮」，是啊，中山北路——這個最後的帝國殖民與帝王威權的象徵，終究慢慢地被走成美麗的自由之路，伴隨一些傳說的尾聲……

——節錄自《眼耳鼻舌》

綠島

那一年
我的青春被捕了
年輕的軍官偷偷告訴我
現在時局很亂
要我忍耐一下
經過半年的羈押
他們讓我
免費乘船來綠島

這一年
他們特赦了馬克思
還有我的駝背
和老年風濕
綠島做客三十年
他們恭喜我

活得夠久
活得久
就准我回家

回家沒什麼好高興
我只希望跟著馬克思
走在馬路上
不要被資本主義的
車子撞倒

——選自《家族》

罪與罰

那些在書架上擺著
《民主萬歲》的人們
小心了！天亮以前
他們會來敲門
就像他們穿過了
寂靜的校園

五○年代才剛過完
下一秒，就到了一九八四
他們不是杜斯妥也夫斯基
卻創造了大量的
罪與罰

——選自《家族》

南美洲午後

慵懶的陽光
斜照草地
遠方斷續傳來婦人的
哭泣。這樣的午後原本
適合一杯下午茶或者
擁抱整個解放的幻夢
斜靠著躺椅
搖啊，搖
就這樣，沉沉的睡去

咖啡豆仍然生長在田裡
行刑槍隊吆喝著
押解反革命份子
踐踏隔夜的星光而去

——選自《肉身》

詩比希望更美好──
關於「第二屆格納那達國際詩歌節」和其他

　　二十四歲時，我寫過一首詩〈南美洲午後〉的詩，結尾這樣的：

咖啡豆仍然生長在田裡
行刑槍隊吆喝著
押解反革命分子
踐踏隔夜的星光而去

　　那是滿懷好奇、不安、激情時期的我，我看待拉丁美洲的一個擬想的面向。開發中國家的我，因為詩的活動，和許許多多國家的詩人相識、談話、交流；詩不分地區，給了同樣慷慨而不同種類的字與詞，和音聲。

　　巴貝之塔傾倒了，人，因之必須更紛歧也更努力的活著。作為拉丁美洲的一未開發之國尼加拉瓜最早的輸出大宗是奴隸，後來是咖啡豆，而此刻，它向我輸出了詩。

我希望，很快的會再回到拉丁美洲，詩，太平洋，遼闊的加勒比海，縣長而危峻的安地斯山脈。

——節錄自《創作的型錄》

意識形態

二十歲

左派

三十歲

中間偏左

四十歲

中間偏左右

五十歲，右

向右再向右

——選自《家族》

頹廢的浪漫主義者

中年的時候
適合讀一些些沙特
存在與虛無
如果能站在岬岸
觀看遠處
瀕死的快感
那就，更好了

一點點
腐敗的蘋果香
心情不宜大起大落
但如果變成一塊石頭
笨重，而不能滾動
那就糟透了

頹廢的

浪漫主義者

不在乎被詛咒

因為神

神窺伺在很遠很遠的角落

——選自《肉身》

聲音

我喜歡諦聽詩對我說話的聲音。

不論是溫婉的、憤懣的、輕快的、沉重的……或者是崩潰的聲音。

崩潰也是一種完成——我卻希望詩能善意地欺騙我，告訴我世界是美好的，愉悅的，沒有戰爭，沒有饑荒，沒有欺騙，沒有自私，沒有貪婪……

然而詩沒有這樣對待我——詩告訴我許多事實，許多殘酷的事實；詩告訴我陽光下也有陰影，告訴我關於糾纏的，愛與死。

「若有托生，生於天上諸佛之所；若生世界，妙樂自在之處；若有苦累，即令解脫。」我知道詩是纏縛的苦累，也是解脫。

在風中，我聽見許多虛偽的聲音，而後，燈熄了，他們睡了；是以我只能諦聽，詩對我說話的聲音，是以我只能以音聲求它。

——節錄自《眼耳鼻舌》

夜聽海濤

海
在窗外
切割
不同的籍貫
和鄉愁

乍見
一隻海鳥折返後

飛過

如此不經意地
觸爆於夢的
布雷區

——選自《家族》

月光雲豹

0

　　雲豹（Cloudy Leopard）學名 *Neofelis nebulosa*，屬食肉目，是台灣最大型的貓科動物，皮毛呈棕灰色，並布滿褐色的雲彩斑紋，故俗名雲豹；其身長從吻端至尾端超過一點五公尺，腿短而行動敏捷。

　　雲豹分布地從喜馬拉雅山東南開始，經緬甸以迄南中國向閩、粵各地延伸；因地理區隔因素，本省所有之雲豹尾巴較短，屬特有亞種。雲豹棲息地原從平地沼澤到海拔兩千公尺高度內的茂密森林中，其性喜獨來獨往，不食腐肉。

　　在台灣原住民心中，雲豹是「力量」的象徵；布農族呼之為 Kokunan，排灣族名之為 Rikoran，阿美族稱牠叫 Rogudan，曹族則喚其 Uho。

　　一般咸信：在台灣山林中，雲豹已然絕跡。

1

當月光嘩嘩燒痛了
整座中央山脈的時候
我們終於看見那未來將
現身的雲豹伏臥在
隨風晃盪的樹枝上
弓身
撲過來
咬住惡鬼的頸項
撕扯，而斷
腥臭的黑血噴濺在
我們的臉上
一隻黑熊奔月奔過山崗
彷若擂鼓吼叫

驚醒林中的鳥雀

撲翅亂飛

我們可以聽見

秀姑巒和濁水溪的水

急急流入闇夜狂潮

千萬年來

在這座南方漂流的島嶼上

閃電劈翻了神木

飛鼠葬身火場

火光比自焚的月光

更加明亮

2

你聽見闇潮

在海底犁出深溝了嗎？

那深處的不安像

一座冬眠已久的火山忍不住

要爆發

要釋放大地的咽喉

飛出天空的翅膀

百萬光年以外

一群新星正在誕生

羊水被刺穿的夜晚

天狼移位

我們並不放棄繪製星圖

繼續往山的更高處

前進，卻始終沒有發現雲豹

除了牠糞便的氣味

在林間繚繞

山的稜線走在我們前方

雲霧大聲喧鬧

洞穴飛出了蝙蝠

吸吮著樹葉上的露水

和月光……突然間

都停了下去

你聽你聽

是風在呼喚雲

雲在山頂──

只等那，轟的一聲雷響

3

在雷雨中我們數度

被湍急的山洪阻擋了去向

西南季風帶來大量雨水

從山頂竄向平地

平地流入海洋

夏秋之際的颱風和

斷續的地震也是這樣

一首命運的歌謠

這座島嶼曾經是海

而現在

海蹲在不遠的地方

思考：這裡曾經是海盜的搖籃

　　　這裡曾經是移民的夢鄉

　　　這裡曾經盛產樟腦蔗糖

　　　這裡曾經有梅花鹿奔跑

一切都和月光賽跑

但是，天亮以後

月光帶著平埔族消失了
雲豹往山裡跑
越跑，越高
終於高出了
天上的月亮和太陽

4

在溫帶針葉林中
我們聽見失蹤的獵人
那山的靈魂
用口傳的神話來抵抗衰老：
多年以來
Kokunan 不再吼叫
白天他化為山間風吼

夜半他召喚勃怒的海濤

Kokunan 不再吼叫

白天他是火燒日照

夜裡他是熾熱月光

在日全蝕的白天

在月全蝕的晚上

Kokunan 站在最高的山崗

趕走那些想要

吃掉月亮太陽的烏鴉

多年以來

Kokunan 不再吼叫

但是你依舊可以聽見海濤

和山林間，風的呼嘯

——選自《家族》

擱淺的鯨魚

一頭擱淺的座頭鯨
終於斷了氣
我們圍繞著牠龐大的軀體
喜極，相擁，而泣

核電廠爆炸後很久了
也不知道
是公元多少年的夏季
我們結繩
記載一頭誤闖地球禁域的
灰色的鯨魚

──選自《肉身》

星星的作業簿（之一）

　　如果星星再低一點，晚上我們就不必點燈了，大人們也不用擔心能源不足的問題。

——節錄自《星星的作業簿》

他們睡在百合花園——
為九二一震災中的死難者而寫

成了。那些逝者
統統回來了
他們學會了告別
向自己，和倖存的我們

失去的手腳
和驚恐的靈魂
夜裡都來
與我們同睡

我們應該
建一座紀念的碑
也銘刻自己死去的
那一個部分

碑的前方要有
廣闊如海般的百合花園
像是天地間純淨的床褥
讓受過苦的感到平靜的幸福

活著，在啟示錄的邊界
百合花朵
宛若天使的號角
吹響了，天國的門隨之而開

那些逝者變成天使
通通回來了
睡吧，讓他們恬靜地睡在
一朵，又一朵綻放的百合花之內

——選自《有鹿哀愁》

星星的作業簿（之二）

　　如果把天上的星星，平均分給每一個人，我要把自己的那一份，送給看不見的人。

　　——節錄自《星星的作業簿》

貼近神聖的臉龐——
題記羅展鵬「敘利亞」系列畫作

那每一個受損害的生命
都是一束小小的
不肯熄滅的聖光
燃燒自己如蠟炬
在光之中
天堂掉下了淚滴
匯流成海洋

畫如明鏡
照出受傷的靈魂
使我們渴望將之擁抱
我們貼近了
慟子的聖母臉龐
走在天使的行列中
你的畫啊，是天堂的號角

——二〇二〇年

附錄：許悔之著作年表

詩集

《陽光蜂房》（台北：尚書文化，一九九〇）

《家族》（台北：號角出版社，一九九一）

《肉身》（台北：皇冠文化，一九九三）

《我佛莫要，為我流淚》（台北：皇冠文化，一九九四）

《當一隻鯨魚渴望海洋》（台北：時報文化，一九九七）

《有鹿哀愁》（台北：大田出版，二〇〇〇）

Hsu Hui-chih: Book of Reincarnation, translated by Sheng-Tai
Chang, 2002, Green Integer, California, U. S. A.

《亮的天》（台北：九歌出版社，二〇〇四）

《遺失的哈達：許悔之有聲詩集》（台北：聯經出版，二〇〇六）

《鹿の哀しみ：許悔之詩集》（東京：思潮社，三木直大編譯，
二〇〇七）

《許悔之集》（台南：國立台灣文學館，二〇一〇）

《我的強迫症》（台北：有鹿文化，二〇一七）

《不要溫馴地踱入，那夜憂傷：許悔之詩文選》（台北：木馬，
　二〇二〇）

散文
《眼耳鼻舌》（台北：麥田出版，一九九三）
《我一個人記住就好》（台北：大田出版，一九九九）
《創作的型錄》（台北：有鹿文化，二〇一〇）
《但願心如大海》（台北：木馬文化，二〇一八）
《就在此時，花睡了》（台北：木馬文化，二〇一九）

兒童文學
《星星的作業簿》（台北：皇冠文化，一九九四）

作　　　者	許悔之
編　　　選	陳蕙慧、黃庭鈺

社　　　長	陳蕙慧
副總編輯	陳瓊如
行銷企畫	陳雅雯、尹子麟、余一霞、洪啟軒
特約編輯	崔舜華
內頁排版	黃暐鵬
封面、內頁圖片提供	大觀藝術空間

讀書共和國 集團社長	郭重興
發行人暨 出版總監	曾大福
出　　　版	木馬文化事業股份有限公司
發　　　行	遠足文化事業股份有限公司
	231 新北市新店區民權路 108-2 號 9 樓
電　　　話	(02) 2218-1417
傳　　　真	(02) 2218-0727
E - M a i l	service@bookrep.com.tw
郵撥帳號	19588272 木馬文化事業股份有限公司
客服專線	0800-221-029
法律顧問	華洋國際專利商標事務所 蘇文生律師
印　　　刷	呈靖印刷股份有限公司
初版一刷	2020 年 07 月 08 日

定　　　價	450 元

不要溫馴地踏入，那夜憂傷：
許悔之詩文選／許悔之著
. — 初版 . — 新北市：木馬文化出版；
遠足文化發行，2020.07
　面；　公分 .
ISBN 978-986-359-810-7（平裝）
863.4　　　　　　　109008432

不要溫馴地踏入，
那夜憂傷

許悔之詩文選
（出道三十週年典藏紀念版）